マカオ幻想

JirO
nittA

新田次郎

P+D BOOKS
小学館

目次

マカオ幻想

電話ぐらいでめったに驚くような年齢ではなかった。たとえ、どのようなことがあっても、おうとか、ほうとか一息洩らす程度の余裕を見る筈の彼なのに、この夜はいつもとは違っていた。

「裏の畑から壺が出たって、いったいその中になにが入っていたのだ」

彼は電話機に向って大声を上げた。

「大判、小判……」

「なに金貨が出たというのか」

「大判、小判だったらよかったのに、伯父さん、出て来たのは字を書いた木片が一枚だけでした」

甥の俊男はそう云って笑った。

このばかものめが、と千葉裕平は甥を怒鳴ってから、今日はなぜこうも昂奮しているのだろうと思った。

五年前に妻に死なれ二年前に退職して以来、無為の生活が続いていた。子供がいない孤独の生活が彼をいよいよ老境に追いやっているようでもあった。それでも、彼は人にすすめられて、彼が関係していた会社の嘱託となって、週に三回は出勤してはいる。これといった仕事はなく、与えられた机の前に坐って、それまではあまり読んだことのない雑誌類を、比較的に丁寧に読むくらいのものであった。

前歴がものをいうのか、送り迎えの自動車は出して貰えるけれど、家に帰ると、別棟に住まわせている竹井春郎の妻の松枝が顔を出して、お帰りなさいませと挨拶するぐらいだった。

彼の身の廻りのことや食事などは松枝がしているが、それはまことに事務的なもので、食事ができましたと知らせがあれば、食堂におりていって一人で食べ、またひとりで自分の部屋へ引き上げるような生活だった。夜の九時を過ぎると松枝は別棟に引きさがり、よほどのことでもない限り朝まで来ることはなかった。松枝の亭主の春郎はもともとは彼専属の運転手だったが、彼が会社を辞めた後も、そのまま邸内に残って貰い、ここから通勤していた。二人には子供がないから、松枝が裕平の面倒をみることができた。

（春郎と松枝の間に子供でもあったら）

と裕平は時々考えることがある。そうすれば孫がわりに可愛がることもでき、いくらか気もまぎれるのにと、そんな経験もない彼がそう思うのも年齢のせいかもしれない。

彼には三人の子供があった。一人は満州からの引き揚げの途中で死に、一人は引き揚げると同時に死に、そして引き揚げてから生れた娘の雪子はたった十九歳でこの世を去ったのである。裕平は長崎の出身である。裕平の弟が長崎にいたが、既に亡く、身内と云えば、俊男一人だけであった。亡くなった妻には遠い親戚があるけれどほとんど交際はしていなかった。

「落着いて、くわしく話すのだ」

裕平は俊男にそう云いながら、落着いていないのは、俊男よりむしろ自分だなと思った。それは今日会社で起ったことに原因があり、その精神的動揺が続いている最中に俊男から電話があったからだ。

彼の席は調査課の続きの脇部屋にあって、彼と同じような境遇の松田老人と向き合っていた。二人は調査課付きの嘱託となっていたが表面上の名は参事である。この日は松田参事が休んで、裕平ひとりでいた。脇部屋だからドアーは無かった。

裕平はトイレに行こうとして調査課内に入ったとき、調査課長の声を耳にした。

「冗費節約か、重役たちは、紙や鉛筆や電話料やタクシー代を節約することによって会社の赤字を消すことができると考えているらしいが、そんなものではない。重役たちはもっともっと別なところに冗費があるのに気がついていないのだ」

調査課長が云った言葉が彼の胸に刺さった。それは一般的なことであって、故意に千葉裕平に当てつけて云ったものではないことは明らかだったが、裕平には、それが自分を指して云っているように思われたのである。彼は調査課長に気がつかれないように、調査課の外に出て、トイレに行き、そのままタクシーを拾って、いつもより二時間も早く帰宅した。帰宅してからも、会社の嘱託は辞めるべきだと考えていた。辞表一本書けばよいことなのだ。しかし、そこを辞めて、年中家に引きこもっていることを考えるとまた憂鬱になる。

その辞められない、自分のエゴがクローズアップされ、いらいらの頂点に達した時、まるで頃合いを見計ったように、長崎から電話があったのだ。

「話す前には心を落着け、まず順序を建てる。それからゆっくり話すのだ」

裕平は甥の俊男に向って云った。

「相変らずだな、伯父さんは」

俊男は、別に落着く必要もないように電話機の中でまだ笑っていた。

「さあ話せ」

そう云ってから、裕平は明らかに落着いていないのはこっちの方だと自覚した。

「壺が出たことはさっきお話ししたでしょう。裏の畑――つまり本家があったあたりを整理して家を建てようと業者を入れて二日目に青い壺が出たのです。運よく私がその場に居合わせたから、壺の覆《おおい》は私自身で取りました。ところが壺の中にもう一つ小さな白い壺が入っていました」

俊男はひと息ついた。彼が云っている裏の畑には裕平の生家があったが、裕平が東京へ出てからは分家の俊男の所有地に名義を変更してしまったから、今は裕平のものではない。俊男が電話を掛けて来たのは、その壺はあきらかに本家と関係あると見たからであった。

「その白い小壺に字を書いた木片が一枚入っていたというのだな」

そうなんです、と俊男は合槌を打ってから、静かにしてくれと誰かに注意した。それまで聞えていた音楽が遠のいた。

「青い壺にもその中の白い壺の覆にも、糸を念入りに巻きつけ、漆喰《しっくい》で塗りこめるような、ていねいなやり方で水の入るのを防いでありました。それでも中は湿っていました。おそらく紙だったら溶けてしまっていたでしょう。木片だから三百六十五日ではなく三百六十五年間も持ったのでしょうね」

俊男は三百六十五年間というところに特に力を入れて云った。

「その木片に年号が書いてあったのだな、そしてその文句は？」

俊男は四十歳を越えてはいるが、ごく平凡なサラリーマンで古文書を読む才能があるとは思えなかった。

「それがたいへんでしたよ、伯父さん」

なにが書いてあったかを直ぐには云わず、俊男は白い壺から出て来た木片に書かれた字を読むために、どこをどう歩き廻ったかを話しだした。裕平には、そんなことよりも早く、その内容が知りたかった。

「長崎には古文書を読める人が多いと聞いていましたが、その日にかぎって、その先生たちが不在だったり、出張中だったりして、結局、内容が分ったのは、夜になってからです。壺が出たのが午後二時、字が読めたのが午後の八時です」

俊男はいい気になってしゃべり続けた。どうやらわざと気を持たせているらしい。

「それで、おれのところへ電話を掛けてくれたというわけか」

裕平はふと周囲の静けさを感じた。九時を過ぎたばかりなのに、あたりは物音ひとつなく深夜のようであった。

「文章はようやく判読できましたが、なにしろ三百六十五年も前のことですから、そのままでは意味が通じません。現代文に訳して貰いました。今から、それを読み上げます」

しばらく間を置いて俊男のいままでと違った、いささか取りすました、尊大ぶった声が聞こえて来た。

《私はジェズス（イエス・キリスト）の御教えを信じて生きています。ジェズスの御教えを捨てよと申されてもそれはできないことです。私は同じ心を持つ人たちと共に澳門《マカオ》へ行き、その地で再び故郷へ帰れる日を待っています。もしも日本へ帰れずに、かの地で死ぬようなことがあったら、私は必ず前歯にジェズスの教えのみしるしを彫《きざ》みこんで置きます。後日、この家の人が必ず私の骨を拾って故郷の地へ持ち帰ってくださることを信じています。

慶長十九年九月一日　ジュリア千葉》

読み終った後、しばらくの間、俊男は次の言葉を考えているようだった。

「おそらく、先祖にジュリア千葉という、キリシタンが居たのですね」

俊男が云った。

「そうだ、居ったのだ。確かに居たに違いない」

裕平はそう云った瞬間、いままでついぞ感じたことのない、不思議な感情の高揚を覚えた。そこにじっとしてはおられない気持だった。

「兎《と》に角《かく》、すぐそちらへ行くよ。明日にでも行きたい」

裕平は今夜にでも行きたい気持でそう云った。

ジュリアは当時のポルトガルの宣教師がつけてくれた女性の名前であろう。おそらくは千葉なにがしという者の娘の名ででもあろうかと思われた。裕平が父から聞いた先祖の話というのは、千葉氏はもともと関東の出で鎌倉時代のころ長崎に来て住みついたことと、幕末のころには貿易商を営んでいたことぐらいのものだった。先祖にキリシタンが居ったなどということは全く聞いたことはなかった。

＊

千葉裕平が長崎に来たのは三年ぶりであった。その間に新しい建築物が驚くほど増えていた。

裕平は俊男や俊男の家族たちに迎えられた。

「おかしなものが出てしまって……」

俊男はあの夜の昂奮ぶりとは打ってかわって、庭から壺が出たことをあまり喜んではいないようだった。それが小判か大判だったらいいのに、単なる木片だったことと、キリシタン史の研究には重大な発見だなどと地方紙に書かれて以来、訪問者に悩まされているからだった。

「毎日毎日、壺を見せろ、木片の遺書を見せてくれとおしかけられたら、たまりませんから、いっそ市の歴史博物館にでも寄附しようと思っています。もし伯父さんが引き取ってくれたらこれに越したことはないのですがね、もともとこれは本家の土地から出たのだから」

俊男の云い分を聞いていながら裕平はもしこれが遺書なんかではなく、金貨でもあったら、多分俊男はこんなふうには云わないだろうと思っていた。

青い壺はどこと云って特徴はなかったが、三百六十五年の歳月の経過にかかわらず、いささかも傷んでいないのは見事であった。白い壺は、なんとなく近代風な形をしていた。その中に杉の木片が入っていたのであった。釘のようなもので字を書き、そこへ墨を入れてあった、その念の入ったやり方をみると、かねてからこうなるのを予期した上のことのように思われた。

本家の庭の隅には樟《くす》の大木があった。裕平の子供の頃は樟の家と云われていたほど見事な大木だった。俊男は本家から買い取った土地にアパートを建てようとして、まず樟を切り、その根を掘り起した。根の下に、石のかこいがあり、そこに青い壺があったのである。青い壺の下半分は砂の中に沈み、そこを水が流れていた。おそらくこの地下水が壺の温度を一定に保ち、木片をそのままの状態で置いたのであろうと推察された。

「先祖はこの壺を深く地中に埋め、その上に樟の木を植えたのでしょうね」

俊男が云った。そのとおりだろうと思いながら、裕平は窓から本家の方を見た。すっかり、土地は掘り返されていた。樟の木の幹も根もそこにはなかった。

翌朝、裕平は郷土史家の富山三郎を訪ねた。富山三郎が木片の字を解読してくれたからであった。裕平は、お礼を述べた後で史実について質問した。富山はそれを訊かれるのを待っていたようであった。

「慶長十九年（一六一四年）というと、徳川家康がいよいよ本格的にキリシタン弾圧に乗り出した年です。新らたなキリシタン禁教令が発せられたのがこの年の正月で、各地に散在している宣教師たちは長崎に集められ国外に追放されることになったのです。宣教師だけではなく、高山右近や内藤如安のようなキリシタン大名までが国外追放の命を受けたのです」

富山三郎はそれに関する資料を裕平の前で開きながらその間の事情を説明した。

追放令を受けた人たちは長崎に集められたが、この幕府の処置に反対する長崎周辺の信者たちが、口々に受難、殉教を唱えて気勢を上げ、行列をつくって町をねり歩くので、長崎奉行もしばらくは手が出せないでいた。下手をすると、暴動反乱が起る可能性があったからである。当時日本のキリシタン信者の数は七十万人と云われていた。長崎奉行は集められた宣教師たちを長崎の近くの福田、木鉢、小善寺の三ヵ所に分散して抑留し、厳重な警戒を続けた。

追放者たちは季節風が吹き出すまでここで待たされた。当時の南蛮貿易は夏期は南風に乗って日本に来着し、十月ころから吹き出す北西の季節風に乗って南下したものである。

宣教師の国外追放の日はこの年の十月六日と十月七日の両日行われた。

十月六日には五隻のジャンクに六十二人の神父、修道士の他に、キリスト教徒五十三人が乗込んでマカオに向った。

翌十月七日には、高山右近や内藤如安及びその家族や神父修道士等四十八名を乗せた船がマニラに向って船出した。

「マカオに追放された人たちの中には、修道女が三名おりました。この人たちの名前は分っていますが、ジュリア千葉という名は見当りません」

富山三郎はそう云うと、しばらく裕平の顔を窺うように見ていてから、これは想像ですがと前置きして話し出した。

「当時の長崎におけるキリシタン信徒の昂奮ぶりはたいへんなものだったと想像されます。なにしろ神父を始めとしてキリシタンの指導者層がそっくり追放されるというのですからね。信者の中には別に船を仕立てて、神父たちと行動を共にしたものがかなりの数あったと考えてもよいのではないでしょうか。記録にはマカオ行きの船はジャンク五隻ですが、実際はそれだけの数ではなかったと思われます」

その中にジュリア千葉はいたのであろうというのが富山三郎の推理だった。

「よく分りました。それで、私の先祖の一人のジュリア千葉は、なぜこのような遺書を残したのでしょうか。骨になっても、尚日本へ帰りたいほどの執念があったら異国へ行かねばよいのに」

裕平は遠い昔をふりかえって見た。ジュリア千葉の姿を想像することはできなかった。

「さあ、そこまでは私には分りません、木片に書かれた遺書によると、私は必ず前歯にジェズスの教えのみしるしを彫みこんで置きますと書かれてある、そのみしるしというのは十字架と考えられます。もともとキリスト教は自殺を厳禁し、自らの肉体を傷つけることを強く禁止しています。その信者が、たとえ前歯一本にしろ、それに十字架を彫ろうなどという考えを起すのはおかしいと思います」

富山三郎は、そう云ってから、間を置かずに次を続けた。

「骨になっても日本へ帰りたいというのは当時としてはごく自然な気持だと思います。そのように遺書したことは別に不思議ではないと考えられます。問題は前歯に残すと書き置きした十字架ですが、それについてはこう考えたら如何でしょうか」

富山三郎は別の見地から話し出した。

当時のキリシタン信者の増加は非常な勢いで進んでいた。キリスト教を真に理解して信者となった者もあるが、中には肉親にすすめられて入信したとか、恋人がキリシタンだから、自分もそうなったというような人もあった。ジュリア千葉はそのような女性の一人ではなかったろうか。

「それにしても可哀そうなことをしたものだ」

裕平はマカオに追われたまま終《つい》に帰れなかったジュリアのことを思いつづけていた。

「そのマカオへ追放されて行った日本人たちの骨ですが、それは現在マカオの教会に保存されてある筈ですよ」

富山三郎は、驚くべきことを云った。

「何年か前に、マカオの日本人墓地が台風の被害を受けて破壊されたとき、教会ではその日本人墓地から出た骨を拾い集めて一ヵ所に保管したそうです。現在も日本人観光客がその教会を訪れていると聞いています」

(もしかしたら、その骨の中に、十字架を彫んだ前歯がありはしないだろうか)

裕平はその話を聞いたとき、心はマカオに飛んでいた。外国には何回か行ったことがあるが、自分で行きたいと思って行ったことはない。多くは商用だった。妻と手を携えての海外旅行をすることもなかった。今度こそ自分の目的で行くのだ。

翌朝、裕平は起きると早々に先祖の墓へ俊男を誘って出掛けて行った。妻や子供たちの墓地は東京近郊にあるけれど、先祖の墓は俊男が守っていた。墓は本家、分家と分けるほど広くもないし、その必要もないからそのままにして置いてあった。

「マカオに行って、必ずジュリア千葉の骨を拾って来る。そしてここへ埋めて、このあたりに十字架を建てるのだ」

そういう裕平の顔を俊男は、ひややかな顔で見詰めていた。

*

裕平がマカオに発つ前夜であった。竹井春郎が松枝を伴ってやって来て云った。

「松枝の話によりますと、常務はマカオへ先祖の骨を拾いにいらっしゃるとか」

春郎は、裕平が会社を辞めた今も、以前のように常務と呼んでいた。もう会社は辞めたのだから、千葉と姓を呼んでくれと云ってもやめなかった。松枝は以前から旦那様と呼んでいた。

「別に骨を拾いに行くのではない。確かめに行くのだ」

裕平はそう答えながら、松枝にしゃべったことが、そのまま春郎に通じたのだなと思っていた。

「実は、私の先祖もマカオに流されて、あの地で死んだと聞いております。できましたら私の先祖の骨も拾って来ていただけないでしょうか」

竹井はおそるおそる云うのである。たしか竹井も長崎県の出身だったなと改めて彼の顔を見直すと、竹井はもみ手をしながら云った。

「私の家は代々平戸にございました。云い伝えによりますと、私の先祖は慶長のキリシタン禁教令のときマカオに流されて彼の地で死んだと云われています。その先祖がどんな人だったか、なんという名の人か分りませんが、そのことだけが念入りに語り伝えられています」

念入りにという言葉が気になったので、裕平が聞きただすと、

「私の家では毎年十月六日には供養をすることになっていました。先祖様がマカオに行かれたその日を命日としての供養です。私の祖父の頃は、僧を呼んで供養をしたということでしたが、私の子供のころは、親類が集って、餅や果物を供えての家族ぐるみの供養でした。この供養をおこたると家に災いが起ると古くから云い伝えられておりました。家は仏教徒ですからキリシタン信者であった先祖とのかかわり合いは、もともとそれほど強いものではありません。供養をおこたることによって、災難が来るのをおそれて毎年続けていたというわけです。私の家だけではなく、祖父の代には他にもそういう家があったそうです」

なるほど、ありそうな話だが今どき珍らしい話だと裕平は思った。

「それで、お前たちも供養とやらをやっているのか」

まさかやっては居ないだろうと思って訊いてみると、これもまた意外な返事だった。

「私は長男だから供養をしなければならなかったのですが、松枝を嫁に貰った年だけ、十月六日の供養を忘れてしまいました。それで先祖の罰が当り、子供ができなくなりました」

竹井夫婦は、別々に医師の診断を受けたが、特に子供ができない原因のようなものは発見できなかった。だから二人は、それを、先祖の罰が当ったことにしたのである。

「それで先祖の骨を拾って供養をしたら、子供が生れるかもしれないというのだな」

「松枝はもう子供が生めるという年齢ではありません。それはもうあきらめています。せめてよい養子でも貰えたらと思っています」

「しかしマカオの教会に保管してあるたくさんの骨の中から、きみたちの先祖の骨をどうやって探し出せばよいのだね」

裕平は前歯に十字架が彫みこまれた骨を探し出すのもたいへんなことなのにと考えながら云った。

「簡単なことです。常務がごらんになって、これが竹井家の先祖の骨だと思ったら、それがそうなんです。間違いなく私の先祖の骨なのです」

そんなことを真面目くさっていう竹井の顔を裕平は黙って見詰めていた。世の中にはいろいろと物の考え方があるものだと思った。

その夜はひどく寝苦しかった。梅雨が上って急に暑くなったからである。彼はクーラーのスイッチを入れた。

北の窓を通して暗い夜が見えた。戦前には星が見えたのに、この頃はめったに星を見ることはない。明日の夜はマカオの夜空を見ることになるだろうが、果してマカオの夜空は澄んでいるであろうか。

階下で物音がしていた。松枝がまだなにか仕事をしているのだろう、さっさと帰って眠ればよいのに、裕平は夜空を見ながらそんなことを考えていた。

ノックの音がした。眠りかけたのに、いったいなんの用だと目を開けると、松枝が立っていた。松枝は大きな白いマスクを口にかけていた。いつ看護婦になったのか、白い上衣まで着ていた。彼女は口をきかずに目で裕平に話しかけた。

「旦那様、大事なお客様をお連れして参りました。マカオに行く前にぜひお会いになってくださいませ」

「大事な客、いったい誰だね」

「お会いになればすぐお分りになります。ほんとうに久しぶりの御面会ですから」

松枝はそれだけのことを目で云って、ドアーの外に向って手招きをした。

白いものが動いた。かぐわしいかおりがした。香水のようでもあり、花のにおいのようでもあった。

白いものはベールであった。ベールを頭にかぶり、それで顔を包むようにして現われた和服の女は、裕平のベッドの前まで来て、ベールを取った。

裕平は思わず声を上げた。彼女が着ている着物は絵や写真で見たことのある、小袖であった。大柄な花模様も、腰に巻いた細い帯を見ても、それはかなり昔の姿であった。しかし、その着物を着ている女は、娘の雪子であった。十九歳で死んだ雪子に酷似していた。

(雪子ではないか)

と裕平が思わず声を掛けようとすると、女ははじめて口を開いた。

「ジュリア千葉でございます。私はどうしてもマカオに行かねばなりません。なぜならば、かねてから二世《にせ》をお誓いしていた従兄のジョゼ千葉殿が行かれるからでございます。後に幼い弟や両親を残して、知らない国に行ってしまうのはつらいけれど、ジョゼ様と一緒ならば淋しいことはございません。何時かは必ず二人揃って帰ってまいります。もし日本へ帰ることができずに、かの地で果てるようなことがあったら、何時の日か、私たちの骨を拾って持ち帰ってくださいませ。私は死ぬることはいといませぬが、故郷の土に帰れないことが唯一の心残りです。もしそのような悲しいことになりましたならば、私は前歯に十字架《みしるし》を彫んでおきます。それが私の変り果てた姿です」

雪子に似た女はそれだけ云うと、ふたたび白い衣を頭にかぶって部屋から出て云った。

「松枝、おい松枝、これはいったいどうしたことだ」

彼は叫んだ。その自分の声で目が覚めた。

「夢か……」

なんだ夢かとすぐ忘れてしまうような夢ではなかった。なにもかもはっきりと頭の中に残っている夢とも現実ともつかない——やはりそれは夢だった。

小袖を着たジュリア千葉が、あまりにもよく死んだ雪子に似ていることが気がかりだった。裕平はベッドの上に坐ったままでしばらくは夢の後を追っていた。

当時、従兄妹同士が恋仲になり結婚するということは特にめずらしいことではなかったろう。ジョゼ千葉が従妹に洗礼を受けさせ、ジュリア千葉にし、ともどもマカオへ行ったこともあり得ることだ。

ジュリア千葉は日本に心残りがあった。夫たるべきジョゼと行動はしながらも、父母が住む長崎の土地を離れることがよほどつらかったに違いない。ジュリア千葉は父母にあてて遺書を残し、もしマカオで死んだら、何時の日か骨を拾って、日本へ持ち帰ってくれと頼んだのに違いない。ジュリアの父、千葉なにがしは、何年経ってもキリシタンの禁教令が解りないのをみて、ジュリアの運命を知り、愛娘のために彼女の遺書を同じ日付のままで杉の木片に彫り込み、壺に入れて後世に残したのではなかろうか。父として出来得た最後の愛情だった。

「親の愛と義務感があの念入りな壺入り遺書を考え出したのに違いない」

裕平はそのように結論すると、いままで頭の中にあった靄が晴れかかったような気がした。

翌朝、彼は竹井夫婦を呼んで三人で朝食を食べた。

「松枝さん、あなたは看護婦さんの経験がありますか」

裕平は夢のことは話さず、夢の中にマスクをつけて出て来た松枝について訊いてみた。

「いいえ、その経験はございません。なにか……」

「いや、なんでもない。あなたは私の健康のことによく気をつけてくれるから、ふとそんなことを訊いて見ただけのことだ」

とごまかしながら、彼女が大きなマスクを掛けて夢の中に出て来たのは、もともと彼女の口が人並はずれて大きいことが、自分の頭の中にあったからだろうと思った。

「飛行機は成田を出発して四時間で香港に着く、そこで水中翼船に乗り替えると、たった一時間余りでマカオに着く、まるで外国という感じはない」

裕平は心配そうにしている竹井春郎に云った。

「でも言葉が通じないでしょう」

「案内人を旅行会社を通じて依頼して置いた。その人は日本語と広東語とポルトガル語と英語を話すそうだ」

裕平はそう云い置いて立ち上った。久しぶりの外国旅行のせいか、なんとなく心が浮き浮きする。

「その案内人が御婦人で美人でしたらようございますわね、旦那様」

という松枝に、

「それだけの外国語を話すとなると、やはり年齢を感ずるな。しかしおれよりは若いだろう。おれの年齢の案内人を考えるとみじめになる」

裕平は食卓から離れて背伸びをした。

＊

香港は三度目の渡航であった。前の二度は在職中だから、会社を辞めてからは初めてであった。

裕平は香港空港を出ると、タクシーを拾って、マカオ行きの水中翼船の出る波止場へ行った。マカオ行きの切符売場の窓口には人の行列が続いていた。ほとんどが中国系の人のように見受けられた。波止場は混雑していたが、マカオまでは一時間二十分の水中翼船の快適な旅だった。飛行機に乗り替えたような心地よさで、マカオの港に着き、狭い廊下で簡単な入国手続を済ませて出たところに、千葉先生と大書した紙を胸に掲げた娘が一人立っていた。千葉先生の先生は中国語では様又はさんのような意味であることを裕平は知っていたが、千葉先生と書かれたそれには、面映《おもはゆ》いものを感じた。

狭い廊下は尚も続いていた。そこを急いで出ようと、おおぜいの人がひしめき合っているから、千葉先生と書いた紙には容易に近づけなかった。彼が近寄っただけその紙は後じさりをするようにさえ思われた。

廊下が終って、やや広場になったところで彼はやっと千葉先生の迎え札の前に立った。

「千葉さんですね、お迎えに上りました」

広東語なまりのある日本語だったが、はっきりと分る日本語だった。彼女はそう云ったとき、迎え札を胸からはずしていた。裕平は改めて、彼女の顔を見た。そこには、雪子とそっくりの娘が微笑を浮べて立っていた。

（こんなにもよく似たひとがいるものだろうか）

それほど彼女は雪子に似ているのである。雪子は母親似だった。二重瞼《ふたえまぶた》の大きな目をした細おもての、どちらかというと下脹《しもぶく》れの顔だった。その下脹れの頰のあたりまで、雪子とそっくりだった。

裕平は言葉を失ったように立ち尽していた。

「いきなり日本語が飛び出したのでびっくりなさいましたのね。ごめんなさい」

彼女は云った。彼女の云うとおり、そのあたりでは日本語を話している者はいないし、日本人観光客も見当らなかった。

裕平は彼女に誘われるままに後について行った。廊下を突き当ったところが、旅行会社になっていて、その応接室で彼は、はじめて彼女と向い合って坐った。

彼女は葉銘蓮と印刷されたガイドの名刺を出して、私があなたの案内を致しますと、取揃えてあったマカオの観光資料などを前に並べた。

「なにか特別にごらんになりたいものがありましたらどうぞ。私もガイドを始めたばかりですから、あらかじめ、勉強して置きます」

彼女は、ジュースを彼にすすめながら云った。

冷たい液体が咽喉《のど》を通ると裕平はやや落着いた。

葉銘蓮が雪子に似ていたからといって、それは他人の空似というだけのことであり、取り上げてあわてふためくこともなかったのだと思い返してから、彼ははじめて口を開いた。

「マカオははじめてですのでよろしく願います。ひととおり見せていただいた後で、日本人墓地の跡と、その墓地から出た骨が置いてある教会へ、案内していただきたいのです」

裕平はそれだけのことを云うのに二度ほど言葉につまずいた。自分がここに来たのは観光を目的にするのではなく、実は、その骨にあるのだと云いたかったが、それが云えなかった。

「よく分りました。御希望のとおりにいたします。ではこれから、ホテルに御案内いたしましょう」

葉銘蓮はさっと立上り、デスクに坐って居る鼻の高い男と、ポルトガル語でなにか話すと、すぐ引き返して来て、彼の旅行カバンを持った。女性にカバンを持たせるのは気が引けたが、彼女はそういうことに馴れ切っているように、さっさと先に立って歩き出した。

(背丈けも雪子とそっくりだな)

と裕平は思った。うしろ姿から歩き方まで亡くなった雪子のような気がしてならなかった。

三人の子供のうち二人を敗戦引き揚げという無惨な民族移動の中で失い、戦後に生れた雪子は、いま目の前を歩いて行く葉銘蓮のように、活発な足取りで旅行にでかけたまま帰らぬ人となった。観光バスが崖から落ちたのである。その雪子が旅行カバンを提《さ》げて家を出て行った最後の後ろ姿を、いま目の前に見ているようだった。

「マカオはせまいところです。なにしろ、面積が僅か一五・五平方キロですから、島の周囲を歩いて一周するのに一日で充分だという人さえございます」

タクシーが走り出してから彼女は云った。

自動車は海岸線に沿って走っていた。榕樹の並木が深い蔭を作っていた。その木の蔭に多くの中国人が憩っている。

「海の色が赤いのは珠江が中国大陸の赤い土を運んで来るからです」

彼女はほとんど口を休めることなく話していた。マカオにはじめての旅行者としての彼に大いに尽そうとしている気持が嬉しかった。

「これから御案内するホテルはマカオでは最も古いホテルです。およそ二百年前に建てられ、百年前に改築し、そして今のホテルは、前のホテルの様式をそのまま取って五十年前に新築されたものです」

彼女はそのように説明した。

自動車は別荘地帯ででもあるかのように、緑の濃い、大きな洋館が多い、丘の上に向って走っていた。その中腹にホテルがあった。海から吹き上げて来る風が涼しいし、なによりも眺めがよかった。ポルトガル領マカオの一部になっているタイパ島と、その陰にコロアン島が見え、それ等の島と中国領の島が並んでいた。

裕平は部屋に荷物を置いてから、すぐロビーに戻って彼女と明日の予定について打ち合わせた。

「あなたは随分、日本語がお上手ですが、日本に居られたことがありますか」

彼はマカオに着いたときから訊きたいと思っていたことを、思い切って切り出してみた。

「父母が日本に住んで居たことがあります。そんな関係で今でも家では日本商品を専門に取扱っています。それに兄が香港の日本商社に勤めています。家では広東語と日本語と姉が話す英語でたいへんなんです」

彼女の家には両親の他に姉がいた。兄は休日に帰り、姉はマカオの学校で英語の教師をしていた。

「でも、それがたいへん楽しいんです」

と彼女は自分の家のことをなに一つ隠すことなく話してから、ちょっとお伺いしてよろしいでしょうかと、ややあらたまった様子で裕平の顔を伺った。

「はい、どうぞ、今度は私の家のことでも話しましょうか」

裕平は云った。彼女はそれには答えず、

「さきほど、あなたは日本人の骨のある教会とおっしゃいました。その教会はコロアン島にございます。ごく稀に日本から来たお客様が行かれるところです。千葉さんは、教会関係の方でしょうか、それとも、なにか調べごとがあっていらっしたのでしょうか」

もし、そういうことなら、その方面のことをよく知っている人に連絡をつけて置きたいと云った。

「私はキリスト教徒ではありませんが、その教会の骨について調べてみたいと思ってやって参りました。ほんとうのことを申上げますと、私がマカオに来た最大の目的はその骨との面会です」

「あなたの先祖がその骨の中におられるのですか」

彼女が斬り返すようなすみやかさでそう云って来たとき、裕平は動揺した。

(この娘はおれの心の中を見すかしているのだろうか)

裕平は澄んだ大きな彼女の目が、今確かに自分の心の中を覗《のぞ》きこんでいるのだなと思った。

(雪子もこのように、なにかを思いつめたような目をしたものだ。死ぬ前にもそんなことがあった)

雪子が同級生たちと旅行に出発する数日前のことだった。

〈お父さんは、私を旅行へはやりたくないのでしょう。もし途中で交通事故でも起きたらなどと、不吉な想像をしているのでしょう〉

雪子は恐ろしいほど澄んだ目で、彼を見詰めて云った。その時彼は、そのとおりの想像をしていた。娘に云い当てられて、ひどく狼狽し、しばらくは言葉を失ってしまったほどだった。

〈だからと云って、私に旅行に行ってはいけないとは云えないから苦しいのねお父さん。でも大丈夫よ、私は無事に帰って来るから〉

そして雪子は永遠に帰らなかったのである。

「やっぱりあの骨の子孫だったのですね、千葉さんは」

葉銘蓮はそう云うと、それまでになく、充実した微笑を顔に浮べて、更に思い設けぬようなことを訊いた。

「あなたの千葉という姓はずっと昔からの姓ですか」

「そうです、ずっとずっと、何百年も昔からの姓です」

「東京の?」

「いや、私はもともと長崎生れです。先祖代々、長崎に住んでいたのです」

「するとあなたの先祖は一六一四年には、長崎にいたということですね」

彼女の質問はやや訊問調になっていた。一六一四年を日本語では云わずに、彼女は英語で発音した。一六一四年と云われても、裕平にはすぐぴんと来ないので、彼は一六一四年に、三百六十五を加えてみた。一年は三百六十五日、その日数と同じ数字を一九七九年(昭和五十四年)から差し引いたのが慶長十九年のキリシタン禁教の年号だったのを覚えていたからである。一六一四に三百六十五を加えると一九七九になった。

「一六一四年というと慶長十九年、つまり、日本のキリシタンがマカオへ流された年ですね。

そうです、その年に私の先祖の一人は長崎からここへ流されて来たのです」

裕平はそう云ってから、葉銘蓮がなぜこんなことを訊いたかについて疑問を持った。

「ありがとうございました。色々とそのことについてくわしい人に訊いてまいります」

彼女は、心の中で裕平が云ったことを整理しているようだった。今までになく彼女が動揺している様子が目の色に現われていた。

*

翌朝十時に葉銘蓮は千葉裕平を迎えに来た。裕平はタクシーを雇ってこの一日をマカオの見物に当てようと思っていた。まず一般的な見物を済ませたいという気持より、マカオ全体を頭の中に入れて置いた方が万事につけて好都合だろうと思った。

裕平がそのことを伝えると、彼女は、

「それではまず高いところに登って、マカオ全体を説明いたしましょう」

彼女はマカオの南部の丘の上に建つペンニャ教会の広場へ彼を連れて行った。丘の頂に立つと、マカオが一望のもとに見える。マカオの南部は洋館が多く、ポルトガル人が住んでいる、西欧的な様相を整えた緑地帯であった。そこで彼女は、観光地図と対照しながら、ひととおり説明した。

(一目で見渡せるマカオ……)

裕平は頭の中に、海にかこまれて島のような形をしているマカオの全景を焼きつけようとした。

自動車はやがて南部の丘を降りて、その麓にある媽閣廟《マーコーミユー》の前に止った。多くの中国人が濛々《もうもう》と立上る線香の煙の中に立ちつくしていた。裕平も拝殿に立って手を合わせた。媽閣廟の次には、マカオ政庁、そして、ポルトガルの詩人カモンイスの胸像がある公園と廻り、島のほぼ中央にある、モンテの丘の砲台砦のあとに立って海を眺めているころ、丁度頭上に太陽があった。マカオの中部から北部にかけては中国人街が多い。中国人の崇高の厚い観音堂、孫文記念館と見学して、中国とマカオの国境まで見物して行くのにほぼ半日を要した。

国境の近くには難民街があった。越境して来た人たちの居住区であった。

「急いで廻ると半日、ゆっくり廻って一日、丁寧に見て歩くと二日」

彼女はドッグレース場に来たときにそう説明した。広いドッグレース場は閑散としていた。休日にしか開かれないから、今日は全く静かであった。

「土曜日の夜はホテルの宿泊料が二〇パーセントはねあがると云われるほど、週末にはお客様が多いのがマカオの特徴でございます」

彼女は説明した。賭けごとは、ドッグレースばかりではない。市内に五ヵ所の公認賭博場が「娯楽場」として、その威容を誇っていた。

「マカオにいらっしゃるお客様は日本人に限らず、名所旧跡の見物は早々にしてたいていは賭博場へ急行なさいます」

葉銘蓮はそう云って笑った。マカオが東洋のラスベガスと云われるのはこの公認賭博場があるからだろう。その象徴的賭博場やホテルは、マカオの景観の中で支配的とさえ思われるほど立派だった。

丁寧に見物すれば二日かかると云った葉銘蓮は、次の日は古い教会を次々と案内して廻った。別に急ぐのではないけれど、滞在日数を予定して来ている裕平にとっては、できれば「骨のある教会」へ早いところ行って見たかった。だが、彼女の親切な案内ぶりから見て、そうするのも彼女の好意によるもので、この方がなにもかもうまくゆくと考えてのことだろうと思っていた。

マカオには七つの丘があった。丘に登り、植物帯に入ると、いたるところに花が咲いていた。仏桑華《ハイビスカス》を垣根がわりにしている洋館の前などでは、彼女はわざと自動車を止めた。彼が花に興味を持っていることを知ったからであった。午後になると蒸し暑さは一段と激しくなる。彼女は彼の身体に特に気を配っていた。食べものも彼の希望で、ポルトガル料理の店へ行く場合が多かった。

この日の午後、彼女は、マカオのほぼ中央にある、聖ポール天主堂跡に案内した。そのすぐ上にモンテの砦があった。前日そこへ行って、十数門の古い大砲を見たついでに此処《ここ》へ来ればよかったのに、そうはせず、なぜ日を改めて、ここへ案内したのか分らないが、おそらくそれだけの理由があってのことだろう。

「聖ポール天主堂は一六〇三年に着工したまま、工事に行き悩んでいたのを、一六一四年長崎を追われて来た日本人たちが中心となって協力し、一六三七年に完成したのです。それから二百年後の一八三五年の出火によって焼失し、今はごらんのとおり柱と壁の一部しか残されてはいませんが、この教会を作った日本人キリスト教徒たちの名はほぼ分っています」

彼女はそう説明してから、ペトロ岐部、ルイス内藤、マルチニョ原、トマス辻、ジュスト山田、マンショ小西などの名前を上げた。彼女はそれ等の名を読み上げるときには用意していたメモを開いた。

裕平は、その天主堂の壁と柱に触れた。夏の盛りにもかかわらず、それは意外に冷い感触を持っていた。

「この天主堂を作った日本人の中に、ジュリア千葉という名はありませんでしたか。ジュリアでなくても、千葉という名の日本人はおりませんでしたか」

裕平はたよりかかるように彼女に訊いた。

「きっと居られたでしょう。しかし、記録としては残されていません」

そう答えてから、彼女は、

「そのジュリア千葉というお方が、あなたのご先祖なんですね」

と、すべて裕平の心の中を見すかしたような云い方をした。

「そうです。私はそのジュリア千葉の骨を拾いにわざわざやって来たのです」

そこまでは云ったが、ジュリア千葉の前歯に十字架が彫んであるということまではとうとう口から出なかった。

そこは丘の一部を切り取ったような地形で、天主堂の後は運動場のようにひろびろとしていた。

裕平は天主堂の後にしばらく立ちつくしていた。ジュリア千葉は夫の千葉なにがしと共にこの地にやって来て、おそらくこの教会の建設に協力したのだろうと考えていた。そのころの夏もこのように暑かったのだろうか。

「長崎から送られて来た日本人たちはマカオでは決して暖くは迎えられなかったのです。もともと、マカオは和寇に苦しめられていましたから日本人は特に嫌われていました。長崎からキリスト教徒たち百余名が流されて来るちょうど一年前の一六一三年には、マカオにいた日本人九十名が追放されるという事件さえあったのです。でも、日本との通商を続けるために、五十人ほどの日本人が当時マカオに居住を許されていました。この人たちが流されて来た日本人の保護に当り、教会が手分けをして、信者たちの面倒をみたのです。そして二十三年間忍従に忍従を重ねた末に、主として日本人の力によってこの教会が完成されたのです。マルチニョ原が指導者だったとも云われています」

彼女はメモを読みながら説明した。裕平はよく調べが行き届いたものだと感心して聞いていた。日本から訪れて来るクリスチャンたちのため、勉強しているのだろうと思った。

天主堂の坂を歩いておりるとき、朝顔によく似たつるくさの花が道の両側に生えていた。朝顔によく似ていたがそれは朝顔ではなかった。花が大きく、紫色が一段と鮮かであった。

「しばらく歩いていただきます」

彼女は先に立って聖ポール天主堂跡の坂道を降りると、狭い道を歩き出した。人家にかくれて、さきほどの丘は見えなかったが、その丘の麓を歩いている感じだった。違った方向から、再び聖ポール天主堂跡に近づいているようにも思われた。気のせいかもしれない。

マカオは起伏の多いところだった。七つの丘のほかに、小さな丘が無数にあった。その丘は平らな丘で一部は空地になっており、一部は墓場になっていた。

「このあたりに日本人の墓地がありましたが、何年か前の台風の時、豪雨があって墓が流されてしまいました。その骨が集められてコロアン島の教会に送られたのです」

葉銘蓮はそのあたりを指して云った。台風の際の豪雨によってけずり取られたという一帯には榕樹が植えられていた。気根が無数にたれ下っている下に仏桑華《ハイビスカス》の花が咲いていた。旧日本人墓地の跡はそのまま放置されては居らず、誰かが守っているように思われた。そうでなければ雑草に覆われている筈だった。

「マカオには日本人が多いのですか」

裕平は訊いた。この地にはかなりの数の日本人がいて、その人たちの好意によるものだろうと思った。

「ほとんど居られないようです」

「では誰が、日本人墓地の手入れをなさっているのです」

「多分、私の父だと思います」

「あなたのお父さんが……」

なぜそんなことをするのだろう。日本にいたことがあるということだけで、そのようなことをする筈はない。なにか理由があるに違いないと思ったが、そこまで詮索はできなかった。

日は暮れかかっていたが、暑さは変らなかった。夜になると風がとまり、猛烈な暑さが来るのである。

(こんなところに先祖のジュリアは眠っていたのか)

裕平はあたりを見廻した。ほとんど人家にかこまれていた。ここからは海は見えなかった。マカオに流されて来た日本人は苦労したに違いない。ここには信仰の自由があっても生活の自由がなかった。その彼等は、どうやって生きていたのだろうか。

「さっきの話の続きですが、せっかくマカオにやって来たのに暖く迎えられなかった人達はどうやって暮していたのでしょう」

裕平は、それこそ無理な質問だと思っていたが、彼女はそれについても知っていた。

「宣教師として中国へ行って死んだ人、中国人の名前になって、この地に住みついた人などいろいろあると思います」

裕平は大きく頷いた。或はジュリア千葉とその夫は中国人に名を変えてこの地に住みつき、やがてこの墓に埋められたのかもしれない。裕平は榕樹に向って手を合わせた。

＊

マカオからタイパ島には長い橋がかかっていた。橋をタクシーで渡るとそこに僅かばかりのパイナップル、パパイヤ、バナナなどの畑がある。十数軒の農家が見えた。それ以外には人家らしいものはなく、島の大部分は岩石によって形成されていた。島を通り抜けると、そこに又橋があった。その向うがコロアン島である。振り返って窓から見るとタイパ島の西のはずれに別荘らしい建物が見えていた。

第二の橋を渡り切ったところのコロアン島の入口には中国人の家が密集していた。榕樹がいたるところに繁っている。人口二千と云われてもにわかには信じられないような小さな村だった。海岸近くに並ぶ魚屋の店先には、風通しが悪くなるほど乾魚が吊り下げられていたし、その裏にあるこの島随一の繁華街にはもろもろの日用品を売る店が並んでいた。

この島には廟が一つと教会が一つあった。

聖フランシス教会は海岸通から榕樹の公園を通りぬけたところにあった。想像していたように古い教会でも、大きな教会でもなかった。

裕平はその教会の前でちょっと立止って、葉銘蓮の顔を振り返って見た。

「橋ができたのはつい最近です。その前はこの教会に来るにもマカオから船便を頼るしか方法がありませんでした。すべてに取り残されたような淋しい島でした。でも、この島には一年中花が咲き、マカオの花はすべてコロアン島でまかなっていたということです」

この小さな島のどこにその花の畑があるのだろうか、裕平はあたりを見廻したがそれらしいものは見えなかった。

教会には神父はいなかった。彼女は留守番の男と広東語で話した後、私が神父を迎えに行って戻って来るまで、三十分ほど待っていてくださいと云って出て行った。見るからに小さな教会だった。鄙《ひな》びた教会と云ったほうが当っていた。教会の隣りが学校になっていた。子供たちの姿は見えなかったが、取りちらかされたところをみると数十人の児童がいるように思われた。

裕平は教会の外に出た。暑苦しい教会の中よりも風が通る外のほうが涼しくて楽だった。榕樹の木蔭から木蔭へと日射を避けて歩きながら、マカオに来てからずっと晴天に恵まれたことを感謝していた。

どこからか芳香がただよって来た。それが花の馨《かお》りであることはすぐ分ったが、さてなんの花だかはすぐには思い出せなかった。どうやらそれは教会の裏庭のあたりから匂って来るように思われたので、彼の足はその方に向いた。

(この花の匂いは確かにどこかで嗅いだことがある。それもつい最近だった)

なんとかしてその記憶を取り戻そうと努力しても、なかなか思い出せなかった。マカオに来てからのものではなかった。日本にいたころに嗅いだ匂いだった。

教会の裏庭に続いて空地があった。そこに背丈けほどの雑草が茂っていた。空地と庭との境にあたるあたりに白い花を咲かせている木があった。芳香はそこからただよって来るものだった。白い花はまだ見たことのないものだった。夏つばきほどの大きさがあったが、夏つばきとは違った形の花だった。

(雪子が好きそうな花だ)

裕平は、白い花が好きだった雪子の姿を思い浮べると、その花のにおいは、日本を発つ前夜、夢の中で嗅いだ花のにおいと同じだったことに気がついた。

(確かにそうだ、あの夢の中で嗅いだ花の匂いだ)

と自分に云いきかせながら、彼は真直ぐ花に近づいていった。葉は泰山木をひとまわり小さくしたほどの葉であり、花は純白の五弁花で軒先に吊す風鈴ほどの大きさだった。

(なんという花だろう、そしてこの芳香はなんと高貴なものだろう)

彼はそう思いながらその花の木を眺めていた。

「それはフレンジー・パニー(Frangi Pani)という花ですわ」

背後で葉銘蓮の声がした。そして彼女は振り返った彼に微笑しながら、神父さんが参りましたと云った。彼は雪子がそのかぐわしい馨りと共にそこに姿を現わしたような錯覚にとらわれていた。神父は教会の入口で待っていた。かなりの年齢のように見えた。白い長髯が胸まで下っていた。

「遠いところから、ようこそお出でくださいました。さあどうぞ中へお入り下さい。あなたの先祖の骨をお見せいたしましょう」

神父は裕平に向って英語でそう云うと先に立って礼拝堂の隣りの別室に案内した。そこが日本人の骨を安置してある部屋だった。電灯がつけられた。

硝子の戸棚の中に小箱と大箱がそれぞれ五、六十ほども並べられていた。箱の覆には一様に十字架の模様が描かれていた。

「この箱の中には多くの日本人の骨がおさめられています。台風の際の豪雨で流された墓から拾い出された骨を洗い清めて、次々と箱に収めたものです。従ってどの骨が誰のものかも分りません」

神父の英語は、日本人を意識して話しているせいか、分りやすかった。

裕平はなぜか胸が鳴った。ここでジュリア千葉の骨にめぐり会うことが怖いような気もした。

「私は一六一四年に長崎を追われて、マカオに来て死んだ、私の先祖のジュリア千葉の骨を探しにまいりました」

裕平は神父に向って英語で話しかけた。久しぶりに話す英語だが、神父には通ずるだろうと思った。話し出すと、割合調子よく言葉が出た。彼は長崎で発見された壺やその中から出て来た木片に書かれた遺書のことを神父に話した。

「私はジュリア千葉の遺書にあったとおりの、前歯に十字架の彫まれた骨を探しに来たのです」

裕平は、そこですべてを打ちあけた。そうしないと神父は彼の期待どおりにけしてくれないだろうと思った。葉銘蓮は初めて聞くその話を目を輝かせながら聞いていた。

裕平が云い終るのを待って、神父はさも驚いたように云った。

「三百六十五年前の遺書が発見されたのですか。それはまさに奇蹟《ミラクル》ともいうべきことです。その歯の骨はきっとこの中にあるでしょう。私が探してさし上げましょう」

そして神父は葉銘蓮に向って云った。

「あなたの先祖も一六一四年に長崎からやって来た日本人でしたね。もしかすると、千葉さんが探している先祖の骨とあなたの先祖の骨とは同じかもしれません。どうぞあなたも手伝って下さい」

神父は思いもかけないことを云った。裕平には想像もできないことだったから、或は聞き違えたのかもしれないと思った。

「まことに済みませんが、あなたが今云ったことをもう少しゆっくり話していただけませんか」

裕平は最初の骨の箱に手を掛けようとしている神父に云った。

「つまり、葉さんの先祖は一六一四年に長崎からマカオに流されて来た熱心なクリスチャンの日本人夫婦でした。だが、マカオでは日本人に対してやさしくはなかった。葉さんの先祖の日本人は葉という中国姓に変えてマカオに住みついたのです。その後何代も経過するうちに葉さん一家は中国人と結婚して、今では完全な中国人になり切っています。けれども先祖が日本人であることだけは今でも信じています。葉さん一家は熱烈なキリスト教徒です。毎週日曜日には一家揃ってここに来ますし、十月六日には先祖のお祭りをしています」

十月六日というと一六一四年にキリシタンが長崎から追放された日であった。神父は話し終ると、葉銘蓮の肩のあたりにそっと手を置いて、

「この娘の洗礼も、この娘の母の洗礼も私が致しました」

と云った。裕平は言葉が出なかった。彼女が親切だったのは、ガイドだからという以外にそういう事情があったからだと思った。それにしても彼女はなぜそのことを云ってくれなかったのであろうか。

「さて、はじめましょうか」

神父は彼女に云うと、第一の箱の覆をあけて、その中の骨を一つ一つ空き箱に移して行った。大きな骨は、大きな箱に入っていた。小さな骨は小箱に入っていた。歯はほとんど小箱に入っていた。

裕平は黙って二人の手先を見詰めていた。祖先の骨がそこにあると思ってもなぜか手は出せなかった。クリスチャンでない自分が、そうすることは礼にかなっていないとも思われるし、骨に触れることに恐怖のようなものも感じていた。小さな箱は三十ほどあったがその中には十字架を彫った歯はなかった。念のために大きな箱の中の骨を取り出して底まで探したがそこに

もなかった。神父と葉銘蓮の額には汗が光っていた。

「残念でしたね」

神父は骨の粉でよごれた手をハンカチでふきながら云った。これ以上なぐさめようがないという顔だった。

＊

教会を出た裕平はしばらくは放心したような状態で歩いていた。海岸にある茶店の縁台に腰をおろして海を眺めたとき、やっと自分に返ったような気がした。咽喉がかわいていた。

「なぜあなたの家では長い長い間、日本人の先祖の墓守りを続けたのですか」

「その答えは簡単です。そうしないとたたりがあると信じられていたからですわ。日本人は骨になっても、まだマカオの人たちには恐れられていたのです」

その答えは明らかに彼女が中国人としての観念に立っての云い方だった。そして、それは、たたりが怖いから先祖の供養を続けていたという竹井家の考え方とも共通するものがあった。遠い先祖を崇拝するためだけの供養ならそれほど長く続くことはないが、供養をしないとたたりがあるとなれば、それはより実質的なものとして、信じられ、伝えられる可能性はあった。

裕平はマカオと平戸のこの二つの風習に、更に因果的な格付けをしようとした。

「あなたはそれを信じますか」

彼は葉銘蓮に訊いた。

「たたりがあるということは迷信だと思いますが、先祖が日本人だったということは信じてもいいと思います。私は千葉裕平という名刺を見たとき、その葉という字がとっても大きく見えました。そしてあなたが、一六一四年に長崎から追放された人たちの子孫だと聞いたとき、はっとしました……」

彼女はそこで一息ついてから更に続けた。

「葉という姓は古くから中国人の中にあります。でもどちらかというと少ない方です。千葉という姓もけっして多いほうではないようですね」

だから、葉銘蓮の先祖が、千葉を名乗る人だったのだとは断言できないし、そうでないとも云えないから、或はなどと軽率な言葉を出すのを彼女は控えているようだった。悧口な娘だと思った。

「葉と千葉、千葉と葉……」

裕平も二つの姓を繰り返していたが、もしかしたら、あなたの先祖と私の先祖は同じかもしれませんなどとは云えなかった。そこには超えてはならない溝があるように思われた。

「そろそろホテルの方へ御案内いたしましょうか、お疲れになったでしょう」

彼女は立上った。待たせてあったタクシーの運転手は自動車の中で眠っていた。

コロアン島は岩と密林だけの島だった。その中に自動車道路が整備されていた。自動車は島の南部に向って走った。

＊

海から吹き上げて来る朝風が涼しかった。

裕平はホテルコロアンの見はらし台から海を眺めていた。ホテルはコロアン島の南部の高台にあり、海をへだてて中国領の島が見えていた。

中国領の島とコロアン島との海峡は五色の横縞《よこじま》模様に彩られていた。中国側にもっとも近いあたりの海は青色、その手前が茶色、更に、紺色、藍色と続き、そしてもっとも手前の海は淡い緑色をただよわせていた。海峡のほぼ中央に当るあたりが茶色と紺色にはっきり区分された海であり、その二つの海にまたがるようにしながら、数艘の漁船が操業を続けていた。

朝日は斜めに海上を輝《て》らしていた。日がもう少し昇れば、その美しい海の縞模様は消えてしまうかもしれない。消したくないなと思った。実は彼の心の中には、その美しい海を一人で見るのがもったいないような気持でいっぱいだった。

（あの娘が来たらぜひこの海を見せてやりたい）

彼は葉銘蓮の来るのを心待ちしていた。

マカオに来た目的はすべて終って、今日は此処で一日休養して明日の午後マカオを出発することになっていた。昨日の午後遅くここまで送って来た彼女に、もしよかったら明日泳ぎに来ませんかと誘ったとき、ひどく嬉しそうな顔をしていたのが眼の当り浮んで来る。

（昨夜はよく眠れた。ホテルのクーラーが適度にきいて、しかもあたりが静かだったこともあるが、熟睡できたのは、骨との対面が終ったからだろう）

彼は白い壺から出たジュリア千葉の遺書に従ってこの地を訪れた。もし、前歯に十字架を彫った骨があったら、ぜひ貰い受けて帰りたいと思っていた。しかし、マカオに来てから、その骨との対面がなんとなく怖くなった。もしほんとうにそれがあったらと思うと、見てはならないものに無理矢理会わねばならないような気持になったのである。そして骨には面会したが、十字架を彫んだそれが無いと分ったときは実はほっとした。神父と彼女が骨を探している時間が、彼にはむしろ苦痛にも思われるほど長く感じられた。そのような気持になぜなったのか、自分でもよく分らないが、おそらく十字架を彫った前歯があった場合、それを持ち帰った後のことを心の底で心配していたのかもしれない。そんなことになると、一番彼が嫌っているジャーナリストの訪問にも耐えねばならない。あれやこれや総合して、いざという時に怖れをなしたのか、それともなにか本質的な他の理由があったのかもしれない。

彼は中国領の島へ眼をやった。人家は見えないが、島を形成している山の尾根伝いに縦断する道が見えた。その道を歩いている人の姿がけし粒ほどに見えていた。

（ひょっとしたらあの遺書そのものが創作ではないだろうか）

ジュリア千葉という女性は多分先祖の中に居たであろう。そのジュリアが雪子であって、雪子が恋人と共にマカオへ行ったまま、終に帰ることができないと分った時に自分はどうするだろうかと裕平は考えた。

（おそらく自分はその可哀そうな娘の骨をなんとかして持ち帰って、自分が眠るはずの墓に入れてやろうと考えるのではないだろうか）

きのう神父に遺書の話をしたとき、奇蹟だと云った。彼が云ったミラクルは奇蹟とは解釈せず、あり得ないことだと解釈すべきではなかろうか。ジュリアが自らあのような遺書を書くとは考え難いことだと考えるべきではないだろうか。

（では先祖は——ジュリアの父は、なぜ、前歯に十字架などという創作を考え出したのだろうか）

その答えはすぐにはでなかった。

（彼は後世になって遺書が発見されたとき、それを見た子孫が、前歯に十字架という目印に牽《ひ》かれてマカオを訪れることを期待してそれを書いたのではなかろうか）

そのように考えると、すべてがはっきりするような気がした。

（要するに先祖は、ジュリア千葉のことを忘れるな、時が来たら、必ずマカオへ行って、その霊をとむらってやって欲しいという遺言を子孫に残したかったに違いない）

裕平は遺書の謎が解けたような気がした。彼は中国領の島から海峡へ視線を移した。五色の海峡は茶色と青色の二色の海に変っていた。

「お早うございます」

という声がしたので振り返ると、葉銘蓮が白のワンピースを着て立っていた。

「お言葉に甘えて、泳ぎに参りました」

彼女はコロアン島行きの一番のバスに間に合うために早起きをしたのだと云った。

「じゃあ、そろそろ海岸に降りようか」

そこから見おろすと海岸にはビーチパラソルが処々に立て始められていた。近くのホテルや別荘の人たちが海水浴を始めたのである。

「私の部屋に行って着替えてくるがいい、私は事務所へ行ってビーチパラソルを借りて来るから」

裕平は彼女に部屋のキーを渡しながら云った。

「千葉さんも泳げばいいのに」

そう云ったとき彼女はちょっと恥しそうな顔をした。

「いや私はいいのだ。泳ぐのを見ているだけで涼しくなる」

そこから見おろすと、白砂よりも赤砂に近い色をした浜が三百メートルほども続いていた。そこだけが海水浴場で、そこから離れると、岩だらけの荒磯になっていた。

二人は浜のはずれの、人があまり居ないあたりに、ビーチパラソルを立て、彼女が持って来たシートを広げた。

彼には、その日の太陽もまぶしかったが、ビーチウエアを取って海水着一つになった彼女の姿もまたまぶしかった。見かけは瘠《や》せたように見えていても、裸になるとどうしてなかなか立派すぎるほど立派な身体つきだと思ったとき、彼はすぐ雪子のことを思い出していた。彼女が秋の旅行にでかけたままむなしくなった年の夏、彼は妻と雪子を連れて海岸で数日を過したことがあった。その時、浜で見た雪子がそのまま目の前の海で波とたわむれていた。

彼はたいへん豊かな気持になっていた。彼女の泳ぐのを見たり、中国領の島の山を見たりしているうちに眠くなった。シートの上にごろりところがってひとねむりして起きると、彼女が、サンドウィッチの包みを開いて待っていた。魔法瓶《ポット》に熱い日本茶まで用意してあった。熱い日本茶はおいしかった。たった三、四日、日本のお茶を口にしなかったのが、ひとつきも二月も飲んでいなかったように思われた。熱いお茶をゆっくり飲んで、目を海に投げたとき、ふと彼は、こんなひとときを求めにマカオにやって来たのではないかと思った。

食事が終って一休みすると、彼女はまた海に泳ぎに行った。

彼は砂浜を歩いてみたくなった。そこから間近いところに岩壁があった。そこを越えればまた別の景色が見られるように思われたが、そこを越えて行く者は誰もいなかった。

裕平は若いころ岩登りの真似ごとをしたことがあった。その岩に登れなくとも、傍まで行ってみたかった。

岩壁は一枚岩だったが、注意してみると、ところどころに足掛りがあった。登れば登れないこともなさそうに思われた。三メートルほどの高さの花崗岩であった。

彼は靴を脱いではだしになって、岩をよじ登った。きっと海から見ているだろう彼女の視線を意識していた。その一枚岩をどうやらよじ登ると、その向うには、いかように探しても手掛りも足掛りもない第二の一枚岩が前を遮《さえぎ》っていた。彼はそこであきらめて、引き返しにかかった。登るときは容易だったが、降りるのは足もとが見えないだけにむずかしかった。三分の一ほど降りたところで、彼は足を滑らせて一枚岩の表面をずり落ちてしたたか腰を打った。腰の痛みをこらえながら見上げた空が緑色に勝った美しい空だった。

「だいじょうぶですか」

葉銘蓮が身体からしずくをたらしながら覗きこんだ。走って来たのであろう、呼吸《いき》が荒かった。

「いや、たいしたことはない」

裕平は起き上ろうとした。その彼を助け起こそうとしながら彼女がなにか云った。なにか云おうとして彼女が口を開いたとき、彼女の前歯にちらっとなにかが動いて見えた。瞬間だったが、それは十字架のようだった。

「ちょっと待った。そのままで静かに口を開いてあなたの前歯を見せてくれませんか」

裕平は砂の上に寝たままで云った。

彼女には、それがなんのことか、すぐには理解できず、しばらくは裕平の顔を見おろしていたが、やっとなにかに思い当ったように、恥しそうに口を開けた。彼は覗き上げた。覗き上げる角度を変えてみると、彼女の前歯にうっすらと十字架が見えた。それは海岸の明るい光線が探り出した影だろうか。

彼は起き上って見た。彼女の前歯の十字架は消えていた。

「高校のころ私には悪い癖がありました。本を読むとき、こうする癖です」

彼女は口の中に右手の爪を当てて左右に擦《こ》すったり爪の方向を変えて上下に動かしてみせた。

その時のかすかな疵《きず》が光線の具合によってなにかに見えるのでしょうと云った。

「ところが私にはそれがはっきりと十字架に見えるのだ」

彼はもう一度砂の上に倒れて確かめようとしたが、彼女は二度と口を開けなかった。彼女は
その時、今までについぞ見せなかった悲しげな顔をした。

裕平は起き上った。もうそのことは云うまいと思った。ジュリア千葉の遺書のことはすべて
おしまいにしようと思った。彼は照れかくしのように腰のあたりに手をやった。

「お怪我はどうでしょうか……痛みますか?」

彼女にそう云われて裕平は、年甲斐もなく岩登りなどして、一枚岩からすべり落ちたことが
急に恥しくなった。じっとしては居られない気持だった。

「どこもどうってことはない」

彼は立上った。立つと腰のあたりがやっぱり痛かった。

「そろそろ帰りましょうか」

彼女は、裕平が岩から落ちた事故が自分のせいででもあったかのように、しょげかえっていた。

「私はゆっくり歩いて行って、あの見はらし台で待っています。あなたは部屋でシャワーを浴びて着替えを済ませたらお出でなさい。冷いものでも飲みましょう」

この海水浴場にはホテルの部屋に帰ってシャワーを浴びる以外に着替えの場所はなかった。赤い砂の上を舞うように歩いて行く彼女のうしろ姿を見ながら、彼は彼女と雪子との相似についてはこれ以上考えまいと思った。しかし、彼女の姿がヤシの木蔭にかくれると、やっぱり、雪子のことが思い出された。今、ヤシの茂みの蔭に消えたのは雪子でなければならないような気さえするのである。

ホテルの見はらし台から見た海には特別の色はなかった。一様に白く濁った物憂い夏の表情をしていた。

(葉銘蓮はジュリアの生れかわりではなかろうか、或はそのジュリアが雪子の身がわりとして葉銘蓮を引き合わせてくれたのかもしれない)

その証拠として彼女の前歯には十字架が彫んであった。彼はそんなことは全く幻想以外のなにものでもないことを充分に心得ながら、その甘い感傷の世界にしばらくは身を委ねていた。彼女を日本へ連れて行きたいと思った。そのことはマカオに着いて、初めて彼女を見たときから考えていたことだったが、云い出せないでいた。彼女には両親も兄姉もいる。うっかりしたことは云えなかった。

彼は、海峡を越えた向うの島の山に眼をやった。朝、尾根伝いに出発した人影が、丁度山の頂上に着いたところだった。けしつぶほどの人間がさかんに両手を振っているのが見えた。

「とうとう頂上にたどりついた」

彼は海の向うの影に向って云った。

「誰がどこへたどりついたのですか」

葉銘蓮は白のワンピースに着替えて、傍に立っていた。

「向うの島の尾根を歩いている人がとうとう頂上に登りついたのだよ」

「あら、ほんとう、手を振ってるわ」

彼女は声を上げた。その彼女と手を振って別れるのが明日だと思うと、彼はそれ以上あのことを黙ってはおられなかった。

「あなたを今度案内していただいたお礼に東京へ招待したいのですが、来ていただけますか」

思い切ってそう云ったあとで、彼はなにかよくない下心があるように疑われては困るなと思った。

「嬉しいわ、ぜひ行かせていただきます。ほんとうは私、かねがね日本で勉強したいと思っていました。しかし私の父は、親がわりになってくれるような日本人の家に寄宿するのでないといけないと云って許してくれないのです」

彼女は、いささかも悪びれるようなこともなく云った。

「では私があなたの親がわりになりましょう」

裕平は、そう云った後で、親がわりとして不足はない自分を彼女の前で証明するために、亡くなった妻のことや雪子のこと、家のこと、竹井夫妻の話などくわしく話してやった。彼女が香港の日本商社に勤務している兄や父や母を納得させるための材料として、彼自身の簡単な履歴までメモに書いて渡した。

「できたらあなたと一緒に日本へ帰りたいが、あなたにも準備があるでしょう。来たいときには、何時でも御連絡下さい」

彼はそれだけでは尚、不充分だと思ったので更につけ加えた。

「明日香港行きの船に乗るのは午後の一時です。それまでにあなたの御両親にもぜひ会って置きたいと思います」

彼女は大きく頷いて、瞬《まばた》きをした。かねて望んでいた日本行きがあまりにも早く実現されそうになったことへの喜びと虞《おそ》れをにわかに処理しかねているようだった。

「明日の朝はタクシーを雇って九時に迎えに来て下さい。聖フランシス教会で、先祖の骨にお別れをしてから、あなたの家へ直行しましょう」

裕平は久しぶりに底から湧き出て来る力を感じた。なんとかしてこの娘を東京へ連れて行きたいと思った。その連れて行きたい最大の理由が、雪子に酷似しているということだけは、どんなことがあろうとも、他人には話さないつもりでいた。

夕刻、裕平はホテルの部屋から東京の家に電話をかけた。松枝が出た。

「明日帰る。なにもかもうまくいったよ」

「すると、歯の十字架が見つかりましたか」

松枝は、十字架を彫った歯と云うところを間違えて、歯の十字架と云ったのである。

「そんなものは見つかる筈がないじゃあないか」

えっという松枝の驚いた声にかぶせるように、

「それよりもなによりも、たいへんすばらしい拾い物をしたぞ」

裕平は急に若返ったような声で笑い出した。

部屋の窓を通して海が見えた。暮れなずむ海峡に茶色がかった潮が流れこんでいた。それは海の中に出来た道のようにどこまでも真直ぐ続いていた。


〔1980（昭和55）年「小説新潮」1月号 初出〕

バンクーバーの鉄之助《テツ》

嵐の直後に自分を襲って来るものは満足感よりも、倦怠と嫌悪である。

長松鉄之助は女と離れてベッドをおりると常に女の方に背を向けながら、わざとゆっくり衣服を身につけた。硝子窓の半分に赤いペンキが塗りたくられ、それが外からの目かくしになっている。上の方の半分から外を覗くと、この女郎屋《ハーロットハウス》とそれほど違ってはいないような二階建ての下宿屋の窓が見えていた。窓の上に突出た赤煉瓦《れんが》の煙突がいやに堂々としていて、わざと節だらけの板だけをえらんでぶちつけて作ったような、安普請《やすぶしん》の家には、ふさわしくないほど立派に見えていた。煙突の上の空がいま離れたばかりの女の目のように青かった。

鉄之助はズボンのベルトをぎゅうっと締めた。そうすると下腹に力を感じ、いつもの彼にかえっていた。

「帰るの？」

女が訊いた。さっさとお帰りと腹の中では思いながらも、もう帰るの、などと思わせぶりのことを云うのは、どこの国の港の女も同じことだった。

「船が出帆するまでに行かねばならないところがある」

「もう一人、別の女を抱こうってつもりなんでしょう、そんなら、私はお前を放しはしないよ」

ベッドに腰かけていた女が身体を動かすと、ベッド全体がひからびたような軋音を発する。

「ゆうべから、ずっとお前の傍だった。もう女はたくさん……このつぎに来るまで元気でいろよ」

鉄之助はポケットから、二ドルの金を出して、目の高さまで上げてから、手の届く範囲のテーブルの上に置いた。

「いいのよ、お金はゆうべのうちに貰っているのに……」

鉄之助は明治二十年（一八八七年）生れの二十歳の貨物船の火夫だった。明治四十年のころは白人労働者の日給は三ドル、日系労働者の日給は一ドル五十セントだった。当時としては二ドルのチップは過分であった。女は鉄之助の服についたゴミを取り除きながら、

「ねえあんた、船が出帆とか云ってたね、何時なの」

「七時だ。送りに来てくれるのか」

「まさか、そっちの方で迷惑顔をする癖に」

「じゃあなぜ出帆時間なんか訊くのだ」

鉄之助は女の顔を見た。化粧品焼けして荒れ果てた不健康な顔だった。

「七時なら生命は大丈夫さ。なるべく早く船に乗りこむことだよ。船に乗ったら、陸など見向きもせずにとっととバンクーバーの港を出て行っちまうことだよ」

女は気になることを云った。生命は大丈夫さとはいったいなんのことだと鉄之助は開き直って女に訊いた。

「云っちゃあいけないって口止めされていたけれど、あんたのように、私たちを大事にしてくれる日本人には嘘は云えない。それにあんたはバンクーバーの人ではない」

女は自分自身に弁解するようにつぶやいてから、

「実はね、今夜この町で暴動が起るのよ、一万人あまりの人がピストルを持って、日本人街を襲い、日本人をみな殺しにしようって計画ができ上っているのさ」

だから、その巻き添えを食わないうちに、さっさと船に帰ってしまいなさいと女は鉄之助にすすめた。

「いったいなんだってそんなひどいことをするのだね、この町の日本人がみな殺しに合わねばならないような悪いことでもしたっていうのか」

帰りかけた鉄之助は椅子に腰をおろした。その話をくわしく聞かないかぎりこの場を動かないぞと、ちょっとばかりすごんでみせると、女は、たわいもなくベラベラとしゃべり出した。

一昨夜、彼女のところにやって来た男は、彼女の部屋に入ると同時に、犬のように鼻をくんくんさせて、ジャップのにおいがするぞ、お前はジャップを相手にするのかと女に云った。女はその男が白人の中によく見かける日本人嫌いだと思ったから、私はまだ一度も日本人の客を取ったことはないと嘘を云った。

その夜の男は、彼女たちがもっとも嫌う最低のタイプの男であった。料金をねぎり倒した上、執拗に女の身体をもてあそび、チップも置かず、出がけに、廊下で唾を吐いた。

その男が、ベッドの中で、

〈どうも、お前の身体はジャップ臭いぞ、ジャップの客は取らないなどと云ったのは嘘だな。まあいいさ、どうせこの町のジャップ野郎の生命も明後日の夜までのことさ〉

と云ったのである。男ははじめての客だった。バンクーバーの者ではなく流れ者のように思われた。そんな嫌な男でも、客には違いないのだから、帰るときに、彼女は、この次は何時来るのと訊いた。

〈明後日の夜の仕事が済めば、シアトルへ帰ってしばらくは来ない。来るとしても、来年だな〉

男は、そこで、明後日の夜の仕事にちょっとばかり触れた。白人が一万人結束して日本人街を襲い、ジャップをみな殺しにするというのである。

男はそれを話してから、ジャップのことは誰にも云うな、云えばお前の生命が危くなるぞとおどかして出て行った。女には、どうやらその男は、シアトルから明後日の暴動のためにわざわざやって来た人のように思われてならなかった。

「よく話してくれた。この話はお前から聞いたなどとは、口が裂けても云わないから安心しろ」

鉄之助はそう云い置いて外に出た。懐中時計を見ると五時だった。

（七時までにはまだ二時間ある）

彼はそう思ったとき、それから帰船するまでの間になにをすべきかを知った。買物を少々するつもりだったがそんなものはどうでもよかった。

彼は日本人街に向って走った。当時バンクーバーの日本人たちは、市の北東部にあるパウエル街にまとまって居をかまえていた。

ここは日本語ですべて用がたせる日本人だけの町であり、日本人旅館だけでも二十軒はあった。湯屋、料理屋、洗濯屋、雑貨屋、米屋、菓子屋、魚屋、文房具店から産婆、医者まで、無いものは一つもなかった。三千人近い日本人が住み、夏期から秋にかけての鮭漁《さけ》の最盛期には、五千人近く人口が膨張することもあった。

旅館が多いのは、鉄道や道路、漁業などの出稼ぎに来ている独身者が圧倒的に多いためであり、旅館とは別に日本人が経営している下宿屋《ルーミングハウス》が数軒あった。

鉄之助は日本人街に駈けこむと、まず日本人街の代表的人物を探し、古くからこの町で日本旅館を営んでいる、吉川老人に会った。

吉川老人は鉄之助の話を聞き終ると、

「その話は誰から訊いたかね」

と云った、当然そう云われるだろうと思っていたことだった。

「白人だが、その人は自分の名が明らかにされると殺されると云ってひどく怖れている。だから、その人の名を云うことはできない」

鉄之助はなんとしても、あの女のことは出さなかった。吉川老人は、それ以上、この話の出どころは追求せず、

「実は今日の午後から市の公会堂で、有色人種排斥《はいせき》運動の講演会が開かれている。もし、あなたが聞いて来たような暴動があるとすれば、この講演会と何等かのつながりがあるのではないだろうか」

吉川老人はそう云って、近所に住む数人の日本人を集めて来て、この人たちに鉄之助から聞いたばかりの話をした。

だが、そこに集って来た日本人は、吉川老人に比較すると年はずっと若く、特にそのうち山本という男は、鉄之助の服装から船員と見て取ると、

「お為めごかしにそんなことを云って来て、結局は小遣い銭でも欲しいのだろう」

と云った。鉄之助はむっとした顔で云った。

「おれは七時に出帆する船に乗ってここを出ることになっている。知らせに来たのは、同じ日本人が白人どもに殺されると聞いたからだ。小遣い銭欲しさだなどとは、とんでもない云いがかりだ」

鉄之助は帰るぞと云って歩き出すと、その山本が鉄之助の背に向かって、更に決定的な言葉を投げつけた。

「もしあんたがほんとうに暴動が起るという確証を摑み、そして、みすみす、三千人の日本人が白人どもに殺されるのが可哀そうだと思って知らせに来てくれたのならば、船には帰らずここに止って、その白人の暴徒と戦ってくれたらどうなんです。え、若い船員さん」

山本はそう云うと、さげすみの表情を浮べながら、幾分か語勢を落して、

「まあ、世の中にはいろいろなことがあるさ、これでいっぱいやってくださいよ」

と一ドルの銀貨をポケットから出して、鉄之助の鼻先に突き出した。

こらえにこらえていたものが鉄之助の中で爆発した。ばかやろうと怒鳴る声と同時に、鉄之助の右手の拳《こぶし》が山本の頬をしたたか打った。山本は一間ほどふっとんで倒れてしばらくは起き上れなかった。一ドルの銀貨はどこへ飛んだか行方さえ分らなかった。

そこに集った日本人たちは、それぞれが異様な気持で鉄之助を見詰めていた。山本の失言を心の中では責め、鉄之助に同情しながらも、彼の暴行は許しがたいという目であった。こういう乱暴な男のいうことが信じられるかという顔もあった。

「とにかくこのことは、日本領事館に知らせねばならないでしょう。長松鉄之助さん、船が七時に出帆というのなら、もう港へ帰らねばならないでしょう、その途中でちょっと日本領事館に寄って、その話をしていただけないでしょうか」

吉川老人が丁寧にたのみこんだ。

他の日本人たちは、ようやく頬を押えて立ち上った山本をいたわるように囲んで突立っていた。

＊

日本領事館はバンクーバー港から歩いて十分ほどのところにあった。二階建ての木造建築で、二階へ上る階段だけが妙に広く取ってあった。領事館として臨時に借用しているもので、もともとは住宅だった。午後の六時を過ぎているのに、領事をはじめとして館員はすべて集っていた。書記生の直江一郎がなにか高い声で話していた。

吉川老人と鉄之助の他合計六人の日本人がやって来たのを見た領事館の人たちは、話すのを止めたが、彼等が来た理由が、今夜暴動が起るかもしれないという情報を摑んでそれを確かめに来たのだとわかると、直江書記生が、急に力を得たように、

「やっぱりそっちにも情報が入ったか」

と云った。直江書記生は領事館の中で一番若かった。彼は暴動の噂を耳にすると、持ち前の身軽さで、あちこち飛び廻り、かなり多くの情報を摑んで来た。

「私たちは暴動が起る可能性について話し合っていたところですが、結論的には、そういうことは起り得ないと思っています」

と森領事が云った。直江書記生は、それに対してかなり不満のようであった。

「シアトルから、排斥運動のベテランが十人もやって来たのですよ。しかも、東洋人排斥運動の母体たるべき、カナダ白人会の会員は、当市だけでも一万人を越えています。一人五ドルの会費を払って会員になった連中ばかりです。その連中をシアトルから来た、排斥運動のリーダーたちが煽動《せんどう》し更にやじ馬が参加したら、確実に打ちこわしに発展するでしょう。米国ではこれに似た事件が相次いで起っていますが、すべて日本人が一方的に泣寝入りを止むなくされています。新聞にも出ない場合が多いのです」

直江書記生は、東洋人排斥運動は米国民やカナダ人の総意ではなく、アイルランド系移民の排斥屋が職業的にこれを行い、その代表者は州議会の議員になっている事実まで挙げた。

「これらはすべてアイルランド系白人が自分自身に向けられた排斥の目を東洋人、特に日本人に転化させようという謀略です」

と直江書記生は極言した。

米国ではアイルランド系移民は一時、ひどく嫌われ、差別待遇を受けていた。アイルランド系移民たちはそれを日本人をはじめとする東洋系移民にたくみに摩《す》り替えている、というのが、白人の知識人たちの一致した観測だった。

「領事、この際日本人全員にこの危険性を告げて、防備の準備をさせたらいかがですか。丁度吉川さんも来ていますから、ここで領事からひとこと云っていただければそれでいい……」

直江書記生は云った。しかし、領事は首を横に振った。

「日本人街には三千人もの日本人がいる。そこへ、そのような情報を流したら、大混乱が起る。日本人街の周辺には白人も住んでいる。白人が日本人の動揺を見て、騒ぎ出したら、かえって、過激派白人の思う壺になる。慎重にしなければならない。この際は静観すべきである」

領事は、その言葉を吉川をはじめとする日本人たちに云った。

「そんなことを云っている暇は無いんですよ、領事、公会堂で行われている講演会は間も無く終り、デモ隊は日本人街に向って押し出し、一挙に暴動に移ろうとしているのです。準備しなければやられてしまいます」

直江書記生はテーブルを叩かんばかりの勢いであった。

「想像でものを云っては困る。また、デマを信じては更に困ることになる。既にそのデマは警察でも摑んでいる。われわれは下手な動きをすべきではない」

領事がそこまで云ったとき、長松鉄之助が口を出した。

「領事館ってのは在留邦人を保護するためにあると聞いていたがそうではないのですかい。だいたい、意気地がねえじゃあないですか。毛唐どもが攻めて来るっていうのになにが静観ですか。受けて戦えばいい。毛唐にしたい放題をさせているから日本人はばかにされるんだ。おれは一人で戦うぜ」

その言葉で吉川老人は、鉄之助が帰船の途中だったことに気がついた。

「あなたの船の出帆はたしか七時だと云っておられましたね……」

吉川は懐中時計を見た。七時半を過ぎていた。

「船はとっくに港を出てしまいましたよ。おれは、さっきから覚悟が出来ているのさ、毛唐相手の喧嘩は、どうやればいいか、その方法をバンクーバーの腰抜け日本人たちに見せてやろうと思ってね」

バンクーバーの腰抜け日本人たちと云われて、領事館員も日本人たちもいっせいに鉄之助を見た。その日本人たちを睥睨《へいげい》するように鉄之助は云った。

「演説が終るとおそらく奴等は、『白人のためのアメリカ』とか、『白人が開拓したアメリカ大陸』などと書いたプラカードをおし建てて行進を始めるだろう。そして先頭が日本人街の近くに来たら、リーダーが日本人を殺せ《キル・ジャップ》と叫ぶだろう。その声に十数人が呼応したら、やがて、五百人、千人の叫び声になる。そして暴動になるのだ。おれはシアトルでそれを見て来たのだ」

鉄之助のその言葉は、ここではかなりの説得力があった。

更に彼はつけ加えた。

「その先頭グループには、ズボンを穿《は》いた女が十人ほどいる。その女たちがくせ者なんだ。そいつらが暴動に火をつける役をする」

鉄之助の話を聞いているうち、そこにいる日本人の多くは、身に迫る危機感を持った。まず自分の家族をどこへどう避難させるべきかを考えた。

「話は分った。しかし、それはシアトルのことだ。バンクーバーと事情は違う。此処では日本人は日本人らしく、毅然《きぜん》とした態度を取って貫いたい」

領事は毅然と云ったときいくらか胸を張った。

彼等が話をしていたのは二階の会議室だった。その会議室へ向って階段をかけ上って来た日本人がいた。ドアーは開け放しになっていた。

「白人が日本人街に入って来て、ぶちこわしを始めました」

暴動発生第一報を領事館に伝えたのは、田村という洗濯屋だった。明治四十年(一九〇七年)九月七日、この日は土曜日だった。

およそ五千人のデモ隊は午後から行動を起し、市中をねり歩き、市の公会堂に集って講演を開いていた。だが市の公会堂に入れなかった者は、シアトルからやって来た排斥運動のリーダーたちに指揮されて、日本人街に向ったのである。先頭に立っていた、煽動屋が、「白人のためのカナダ」と書いてあるプラカードの上紙を剝《は》ぎ取ると、その下から「日本人を殺せ《キル・ジャップ》」と書かれた字が現われた。

キル・ジャップ、キル・ジャップと先頭集団の者が合唱すると、それに合わせて、次第に声が高まり、やがて数百人の合唱になった。先頭にいたズボンを穿いている数人の女が、日本人街の商店のガラス窓に向って投石を始めた。これが動機でバンクーバーの暴動は起ったのである。二千人近い白人が日本人街になだれ込み、投石や棒で、窓硝子を破壊した。

日本人は全く予期していないことだったから、何等防ぐべき手段を知らなかった。暴徒は、日本人街を横断して去った。日本人街が襲われたのと同時に隣接している中国人街が襲われた。この方が被害が多かった。日本人街を引き揚げた暴徒は、中国人街を襲った暴徒と合流して気勢を上げた。中国人たちは身の危険を知ってほとんど逃亡した。その無人の町で暴徒たちは掠《りゃく》奪《だつ》の限りを尽した。

領事館の直江書記生が向う鉢巻きで、吉川老人、長松鉄之助等と共に駈けつけたときは、暴徒が立ち去った後であった。

「怪我人はなかったか」

直江は日本人街を駈け廻って訊ね歩いた。ガラスの破片で怪我をした者が多かったが、生命にかかわるような怪我をした者はなかった。

直江は鉄之助を連れて、隣りの中国人街へ様子を見に行った。暴徒たちは破壊された中国人飲食店や商店から持ち出した酒を飲んで気勢を上げていた。破壊は更に拡大され、暴徒の数は増す一方だった。日本人を殺せの叫び声は再び高まり始めた。

直江と鉄之助の姿を見て、二十人ほどの暴徒が襲って来た。中にはピストルを放つ者がいた。二人はひとまず日本人街に引き返して、暴徒が再び来襲する可能性を日本人たちに告げた。不意打ちを喰って呆然としていた日本人たちもやがて吾に返り、ただならぬ事態に対して、自己防衛せざるを得ないと考えた。

「女子供たちを安全なところに隠して、男たちはみんな出て来い。日本人の町は日本人で守るのだ」

直江書記生が怒鳴って歩いた。

日本人街は騒然となった。男たちは、申し合わせたように鉢巻きをして、手に棍棒《こんぼう》を持って集って来た。中には日本刀を用意している者もいた。

「暴徒は中国人街をぶちこわして気勢を上げている。間もなく攻めこんで来るぞ」

そう怒鳴って歩く者もいた。暴徒が中国人街の方面からやって来ると云えば、大体、防ぐべき場所はきまる。日本人街（パウエル街）は東西に延びていた。暴徒が押し寄せて来るとすれば、西側の日本人街入口と推定された。

日本人街では、吉川老人を長とする指導者たちが走り廻っていた。日本人街の要所要所には見張りが立った。日本人街の入口にバリケードを作って閉鎖する仕事が始められた。箱や戸板などを持ち出して暴徒が入らないようにする一方では、屋根に梯子《はしご》をかけてバケツで石を運び上げた。道は舗装してないので石はたくさんあった。屋根から石を投げて暴徒を追い散らす作戦だった。

棍棒隊は二十人、三十人と隊を組んで、要所に待機した。日本刀を持った十数人の男たちは吉川老人の指示に従い、いよいよの時以外は出動しないように吉川老人のうしろに控えていた。

「人を殺したら面倒なことになるから、どんなことがあっても、人は殺すな」

吉川老人は怒鳴っていた。

暴徒のリーダーは最初の急襲に際して、なにもできなかった日本人にたかをくくっていた。こんどこそは徹底的に日本人街をたたきつぶすつもりで暴徒を率いて押し出して来てみると、日本人街の入口にまがりなりにも、バリケードらしいものができていた。それが彼等の癇にさわった。

「ジャップを殺せ」

とリーダーが叫んで、先頭から一挙に突込もうとしたとき、いきなり頭上から石の雨が降って来た。石に驚いて暴徒たちは一度は引いたが、その中の数人はピストルを乱射しながらバリケードを越えようとした。巡査が出動して来たが、制止はせず成り行きを見守っていた。巡査の力ではどうにもできないところに来ていた。

バリケードの箱に片足をかけた先頭の一名が、箱の上からうしろ向きにひっくり返った。彼はピストルを投げ出して、片足をかかえこんだ。隠れていた鉄之助に棒で向う脛《ずね》をかっ払われたのであった。それを見ておじけ付いたのか他の者はそれ以上は前進せず、片手でピストルを乱射しながら負傷者を引摺《ず》って引き上げた。彼等に替って、棒を持った数人の暴徒が突込んでいた。バリケードの陰に隠れていた鉄之助がそれに向って躍り出た。

「危い！　ばかな奴だ」

屋根にいた日本人たちが叫んだ。鉄之助は、棒を持っていた。棒一本で数名の暴徒に立ち向おうとする小柄な日本人の勇気に相手はたじろいだのか立止った。鉄之助は立止った暴徒に棒を振り上げたが、たちまちくるりと彼等に背を向けて逃げ出した。暴徒たちがいっせいに彼を追った。追い付かれたのと、鉄之助が倒れたのと同時だった。日本人たちは、暴徒の棒の下に殴り殺される鉄之助のあわれな姿を連想した。だが、そこに異変が起った。倒れたのは雲を突くばかりの大男であった。続いて二人、三人と暴徒がぶっ倒れた。何れも、向う脛をかかえて苦しがっている。倒れたと見せかけて鉄之助は見事に相手の向う脛をかっぱらったのである。暴徒たちは、鉄之助の早業《はやわざ》に驚いて遠くから眺めているばかりだった。

暴徒はピストルをかまえたが、そこに味方の負傷者がいるから射てなかった。鉄之助は、倒れた暴徒を盾《たて》にして、身を低くかまえながら、相手の出方を見守っていた。

孤立した鉄之助が危険と見て、棍棒隊が助けに出た。ほとんど同時に暴徒側も負傷者を助けに出た。双方が一時は引いたが、すぐまた衝突が繰り返された。バリケードを境にして押したり押し返されたりした。負傷者が出ると、しばらく喧嘩は中止になった。暴徒の数はいよいよ増し、暴徒の中に兇悪ならず者が、加わるようになって来た。頃合いを見て抜刀隊が日本刀を振りかざして躍り出た。闇夜に光る日本刀を見て巡査が真先に逃げ出し、暴徒がその後を追って逃げた。吉川老人が、深追いはせず引き返せとうしろから怒鳴っていた。抜刀隊が引き上げると同時に騎馬巡査の一隊が現場に到着した。その中にこの日の集会の責任者がいた。彼は馬上から、暴徒に向って、解散するように叫び続けた。警察署長も同じことを叫んだ。消防車が現場に到着した。市当局がもっともおそれていたのは、暴動によって発生する火災であった。バンクーバー事件は終った。死者はなかったが、双方ともかなりの数の負傷者を出していた。

＊

長松鉄之助の名はこの事件の後、にわかに高まった。暴徒の白人三人を一度に殴り倒してしまった早業は、並たいていの者にはできないことだった。いろいろと噂が流れたが、あまりよい噂ではなかった。しかし、彼が、バンクーバー事件をあらかじめ知ると、船に帰るのを止め、日本人のために戦った事実はすべての人が肯定していた。彼の腕節を見こんで、日本人街に、賭博場を持っている牟礼《むれ》三四郎が用心棒として採用した。

「毛唐を相手なら、張り合いもあるが、なんだ賭博場の用心棒か」

と彼は、あまり嬉しそうな顔をしなかったが、それ以外に彼に適した仕事はなかった。船員が理由なくして脱船した場合は、密入国者と見做《みな》される。バンクーバーへ日本の船はたくさん来ていたが、いまさら彼は船に乗る気持もなさそうだった。

もともと、賭博場は中国人街で始められたものだった。日本人の移民でこの中国人街の賭博場に行き、一年間稼いだ金を一夜で無くしたなどという悲劇が続いた。中国人賭博場の最上のお客はこのような日本人だった。

牟礼三四郎は日本人の遊び場所は日本人街に設けようと考えた。賭博場ができれば、飲み食いの場も繁昌した。歓楽街的な条件が揃うと、その附近の商人はうるおうことになる。牟礼の考えは当時としてはそれほど見当違いではなかった。しかし、バンクーバー市は賭博場は許可しなかった。時折、官憲による手入れがあったが、これを事前に察知して、処置しているので、一度も現場を押えられたことはない。

鉄之助の最初の仕事は巡査の見張り役だった。巡査が現われたら、彼は巡査に話しかけて時間をかせぐ。その間に、賭博場は、どんでん返しの仕掛けで地下室に沈み、巡査が現われたときには、どこにもあるようなバーに早がわりしている。

巡査は、およそこういうことは知っていても知らんふりをして出て行った。市の警察としても、或る程度は大目に見ていたのである。

鉄之助は自分の経歴を決して話そうとはしなかったが、二十歳という年齢にもかかわらず、白人たちに通ずる英語を話すので、日本人街では、なにかと重宝がられた。港、港の女を経験したというのが、唯一つの彼の自慢だった。言葉も女たちから覚えたと云ってはいるが、英語の新聞なぞ開いているところを見ると、見かけによらず、学があるようにも見受けられた。船員だったという以外に身の上話をしないのが、かえって鉄之助の過去の神秘性を高めていた。

鉄之助の喧嘩は見事なものであった。バンクーバーにはおとなしい日本人移民ばかりではなく、日本で人殺しをして、ここへ逃げこんで来たような密入国者がうようよしていた。刺青《いれずみ》を見せびらかしながら幾許《いくばく》かの金を強請《ゆす》ろうとする者や、女をだまして売り飛ばしたり、娼婦のひもになって生きているような奴が珍らしくはなかった。

鉄之助はそういう連中をバンクーバーのダニと呼んでいた。

「今月は三匹のダニをつぶしてやった」

と鉄之助が日本人に話したことがあった。そんな時の彼の顔は餓鬼大将の少年の顔だった。異様なほど大きな彼の耳が、彼の第一の特徴に見えるのも、このような時だった。吉川老人は彼の大きな耳を指して、鉄之助はただ者ではない、彼は学者か軍人の血を受けついでいるかも知れないと云った。日本人街には少くとも月に三人はダニが現われて、鉄之助の鉄拳を喰った。

鉄之助は手も早かったが足も早かった。

「毛唐と喧嘩するときには向う脛を蹴とばすに限る。奴等は脛が弱い」

というのが彼の口癖だった。バンクーバー事件で、彼が暴徒の向う脛をかっぱらって倒したのはそれまでの経験から出た知恵であった。

喧嘩のやり方は誰から教わったのかと日本人に訊かれたとき、答えるのはいつも同じだった。

（船に乗っていたころ、先輩の火夫に教わったのさ。喧嘩で刃物を使うなんぞは下の下だ）

実際彼は刃物を持ったことはなかった。

バンクーバー事件の後、カナダ政府はレミュー協定を作って、日本人移民を締め出したが、既にカナダに在住している日本人家族の移民は認められていた。以前ほどではなかったが日本人の数は少しずつ増えていた。

鉄之助が中国人に顎《あご》を蹴られて入院した。足の早い彼としては不覚の一敗だった。日本人で中国人街の賭博場へ行く者がいると聞いて、事実を調べに出掛けた時に、中国人街賭博場の用心棒と喧嘩をしてこの屈辱を受けたのであった。

鉄之助が病院から出て間も無く、再びその用心棒と争って、今度は鉄之助が勝ったという噂が流れた。たまたま中国人街の賭博場に居合せた日本人がその場を目撃したのである。

鉄之助は相手の用心棒を広場に誘い出して、いつものように、両足を開き、両手の拳を左右にだらりとたらした形で、さあかかって来いと、云った。

相手は前と全く変っていない、この無作法ともいえる構えを一目見て、鉄之助をなめた。彼は前と同じ様に、顎を狙って右足を蹴上げた。しかし鉄之助はこれを予想して、この日のために、受けの練習を重ねていた。彼は蹴り上げて来た相手の足をはずすと同時に、それを捕えてひっくり返し、彼の急所を握った。相手は目を廻し、この勝負は鉄之助の勝利となった。その後二人は仲直りをしたという話がまことしやかに流れていた。

彼のことを長松さんとも鉄之助さんとも呼ぶ者はなかった。バンクーバーのテッツで通っていた。テツでなくテッツとはじめて呼んだのは白人娼婦だった。

不思議な男だった。彼は酒を飲まなかった。飲めないから飲まないのではなく、酒を飲んだ時に喧嘩を吹っかけられて負けたことがあるからだった。酒よりも喧嘩の方に力を入れている男だった。

彼のような男なら、当然のことながら、日本人街に十軒ほどもある、飲み屋の女と何等かの関係を持ちそうだったが、どうしたわけか彼は、日本人の女を欲望の対象にはしなかった。

彼は白人の女がいる女郎屋《ハーロットハウス》に出入りしていた。そういう社会だから馴染《なじみ》は時々変っていた。彼が白人社会に通じているのは、これらの女を知っているからだった。女たちにはテッツとしてなかなかの人気があった。女たちに気前よくチップを払ったし、なによりも彼の明るくて、嫌味のない、性格が喜ばれていた。

そのテッツが白人の男にいきなり斬りつけられたことがあった。危うく体をかわして、短刀をたたき落し相手の利き腕をねじ上げたが、男は、自分の女を彼に取られたと錯覚したからであった。

白人との喧嘩は時々やった。たいていは向う脛の一撃で彼の勝ちだった。背が低いから、かえって有利なのだと豪語していた。

賭博場では中国式の番攤《ファンタン》が行われていた。

賭博場のテーブルに無数の白いボタンが積み上げてあり、その上に茶椀をかぶせて、卓上をずらし、そのボタンを四つずつ取り去って行き、最後に残るボタンの数を当てるという簡単な賭博である。予想が当れば四倍になり、はずれたら取られっぱなしということになる。

日本人移民のほとんどは独身であった。小金をためて日本へ帰るか、日本から嫁を迎えて落ちつくかどちらかだった。意志の強い者は誘惑に勝ってそれぞれの道を開いたが、多くの者は激しい肉体労働で得た金をバンクーバーに出て来て酒や女に浪費し、背を丸めながら、再び稼ぎに出かけて行った。賭博場に来てはだかになる者はもっとみじめであった。今度こそ、今度こそと賭け続けて、文なしになって自殺を計る者もいた。

鉄之助はそのような気の弱い日本人を何人か助けてやった。いくらかの金を与えて、再び賭博場になぞ来るなと云って出してやったのに、性こりも無く再び現われると、ぶんなぐって追いかえした。

「賭博は遊びだ。百ドルなら百ドル、二百ドルなら二百ドルとはじめから決めて置いて、それが無くなったら、さっさと帰れ」

彼は賭博場に現われる日本人たちによくそう云っていた。だが実際には一度手を出したら最後、目が見えなくなるのが賭博だった。

女房にまで稼がせてためた金を賭博場ですってしまって、明日の米も買えないというあわれな一家がいた。写真見合いでだまされて結婚した彼の妻は、ロッキー山脈の伐採所《ばっさい》の日本人キャンプの賄婦《まかないふ》として働き彼女の亭主は樵《きこり》として働いていた。そのようにして稼いだ金を、賭博によって一夜にして失くしてしまったのである。一度ではない、鉄之助が、賭博場の用心棒になって以来、毎年のことであった。

大正三年の秋のことである。この男がまた賭博場に現われた。妻が男の袖にすがりついて、子供のために止めてくれと哀願した。その光景を見た鉄之助はもう黙ってはおられなかった。彼はその男を外に引張り出して、したたかぶん殴り、今度賭博場に姿を現わしたら殺してやるとおどしたが、それだけでは気が済まないのか、彼等と共に銀行まで一緒に行って、彼の妻の名義で持ち金全部を貯金させた。彼女のサインなくしては金は引き出せないような処置を取ったのである。

「ほんとはてめえのような奴はぶっ殺してやりてえところだが、奥さんや子供のてまえ生かして置いてやるのだ」

その時の彼の台詞《せりふ》であった。男は鉄之助の拳骨《げんこつ》がよほどこたえたと見えて、賭博場には二度と現われなかった。その男が小金をためて家族共々、日本に帰ったと鉄之助が聞いたのは数年後であった。

＊

大正十一年の十二月半ばであった。

長松鉄之助は日本人街近くの泥濘《でいねい》の道に倒れている日本人女性を助けた。バンクーバーは十月半ばになると雨が多くなり、十一月になると完全な雨期になる。十二月、一月はもっとも雨量が多い季節であった。緯度が高い割には、海洋の影響を受けて、この地方は暖かだった。バンクーバーでは雪が降ることはあってもその量は少く、すぐ消えた。雨期になると、道が舗装されていないのでぬかるみが多くなる。一年中で一番嫌な季節であった。

鉄之助に助けられた鈴木はなは、日本人街から歩いて通えるところにある製材所で働いていた。ここには日本人がおよそ六百人ほども働いていたが、女性は売店や食堂に雇われている二十人ほどであった。鈴木はなはその一人だった。夫の鈴木善兵衛が病気で仕事ができなくなって以来、彼女は四歳と二歳の二児をかかえて製材所で働いていたのである。

はなは泥濘に足を取られて倒れたが容易には立ち上ることができなかった。運悪く近くには人がいなかった。目が廻り、意識がかすんだ。

(働きすぎて疲れているからなんだ。このまましばらくじっとしていれば、やがて気分はよくなるだろう)

彼女は自分に云い聞かせていた。過労と栄養不足による脳貧血だとはまだ気付いてはいなかった。通りかかった鉄之助が助け起したとき彼女は、ありがとうございますと口を動かしてはいたが、言葉にはなっていなかった。

鉄之助は泥まみれの彼女を半ば抱きかかえるようにして彼女の家につれて行ってやった。家と云っても最低級の下宿屋《ルーミングハウス》の二階であった。薪《まき》ストーブがあったが、火は燃えてはおらず、暗い電灯の下に二児が抱き合うようにしていた。隣室には善兵衛がふせっていた。

鉄之助はまずストーブに火をつけようとしたが薪が無かった。貧しくて薪さえ買えなかったのである。

彼は隣室に住んでいる日本人から薪を借りようとしたが、いい返事をしなかったので、怒鳴りつけ、ほとんどひったくるようにしてひと抱えの薪を持って来るとストーブに入れて火をつけた。子供たちは、おろおろしているだけだし、善兵衛は起き上ることさえできなかった。

この日鉄之助が鈴木はなを助けたことが、鉄之助の運命を変えたことにはならなかったが、それからの何年かが彼にとって、充実した人生であったことは事実である。

鈴木はな一家の窮乏を見た鉄之助は、その翌日、賭博場のボスの牟礼三四郎のところへ行って、

「おれの週給を十ドル上げてくれ」

と云った。

「倍にしてくれというのか」

牟礼はきびしい目をして云った。鉄之助の週給は十ドルであり、それを二十ドルにしろとい

うのは用心棒として不当な要求に思われた。

「いやなのか」

それまで鉄之助は牟礼三四郎と争ったことはなかった。たいていのことはおとなしく聞いて、ボスとしての顔を立ててやっていた。その鉄之助が突然開き直ったような態度に出たので牟礼はいささかおそれをなした。

「いやというのではない。ことと次第によっては出してやってもよい」

「理由を話せというなら、この話はことわる。そして、今日かぎりでここをやめる」

此処を止めて何処へ行くのだと牟礼は訊こうとしたが止めた。そのひとことでぴんと来た。中国人街の賭博場から、鉄之助を引き抜きにかかっているという噂を耳にしていたからだった。

鉄之助の用心棒ぶりは日本人街では人気があった。人気者というよりも、バンクーバーの鉄野郎《テッツ》は既に有名人として通っていた。そのテッツが中国人街の賭博場へ移ったとなれば、日本人街の賭博場の客をさらわれることになる。牟礼は内心おだやかではなかったが、この際鉄之助の云い分を聞いてやらねばならなかった。

牟礼は、この野郎、いつか叩き出してやるぞと思いながらも、

「おい、テッツ、今のところはお前の云うとおりにしてやろう」

含みのある言葉だった。牟礼は賭博場で働いている他の日本人に、鉄之助がなぜそのような不当な要求をしたのか、その裏にあるものを探らせた。

バンクーバーの日本人街は犬が仔を何匹生んだかまでわかるような社会構造になっていた。鉄之助が鈴木はな一家を助けるため週に十ドルずつ送っていることは間も無く知れわたった。

「鈴木はなという女は十九歳の時、十二歳も年齢が上の鈴木善兵衛と結婚して、いま四歳と二歳の子供をかかえて製材所で働いています。善兵衛は病気になってからもう一年にもなります、どうやら肺病のようです」

牟礼三四郎は乾分《こぶん》の安蔵からその話を聞くと、

「するとテッツの奴はそのはなっていう女に……」

カナダに移民している日本人の八割は男だと云われるほど、日本人女性の少い頃であった。牟礼がはなに目を向けたのは当然だった。

「図星でさ、鈴木はなは、二人の子持ちと云っても、二十三歳、どちらかと云えば痩《や》せ形の色白の女で、化粧でもしたら、まずこのバンクーバーでははなの右に出るような女はいないでしょうね」

安蔵は少々誇張して云った。

「それで分ったぞ、テッツの奴、亭主が肺病だと見て、今のうちから後釜を狙っているのだな」

牟礼は笑い出した。それなら、金が必要な理由を云えと云っても云えない筈だと思った。鉄之助にかけられていた疑いは解かれた。

鈴木はなは日給一ドルで働いていた。病夫と幼児を抱えた彼女は、困窮の底にいた。たまたまそこに現われた鉄之助の救いの手は、いやおうなしに受けざるを得ない状態だった。

鉄之助は彼女が借金していた人たちや、隣家などに彼女にかわって返済をすると、すぐ下宿屋を変えた。同じ二間続きであったが前よりもずっと明るい、よく日がさしこむ家であった。

「胸の病気には、太陽が一番薬だ。あんな陰気な下宿屋にいたら、治る病気も治らない」

彼は恐縮しきっているはなに云った。

はなは、鉄之助が賭博場の用心棒であることを知っていた。悪い人ではないとは聞いていたが、心の底には、一抹の不安を抱きながら、やむを得ず援助を受けていたのである。

鉄之助が鈴木はな一家をみてやっているのは、後釜を狙ってのことだという噂が、まもなく鉄之助の耳に入った。

酔払いの五郎がしゃべったのである。五郎の前身がなんであるかを知る者はなかった。漁場や伐採場や鉄道工事場で働いて、金ができるとバンクーバーに出て来て一文も無くなるまで飲み歩いていた。

錦《きん》衣《い》帰《き》郷《きょう》の夢を抱いて渡航して来たが、酒におぼれてしまった落伍者の一人であった。

その五郎が冬の寒い日に、日本人街で安酒をしたたか飲んで倒れているところを鉄之助に見つけられて保護された。そのまま放って置かれたら朝までに凍死してしまうような状態だった。

酔払いの五郎は、眠っている自分を起こした相手が鉄之助だと分ると、なあんだテッツかと云ってから毒づいた。

「余計なことをしてくれたじゃあねえか、おれを助けてくれたところで一文にもなりゃしない。そうじゃあねえか後釜狙い……」

その最後の一言が気になったので、鉄之助は酔がさめたところで五郎をしめつけた。

「一人や二人じゃあねえ、バンクーバーの日本人全部がそう云ってるぞ」

五郎の一言に鉄之助はさすがに顔色を変えた。それからしばらくは、週十ドルの金を鈴木はなに届ける役は、安蔵にまかせていた。

鈴木善兵衛の病状は下宿屋を変えてから、いくらか快方に向いた。鉄之助の援助とはながく働く金でどうやらやって行けるようになったからだった。善兵衛は起き上って、炊事などを手伝うことができるまでになった。しかし、それは悪いながらも症状が安定している状態であって、完全にむしばまれた彼の身体が本復する望みは薄かった。

大正十五年になった。鉄之助が鈴木家に肩入れを始めてから四年経っていた。鉄之助は時々鈴木家に姿を現わすが長居はしなかった。当初、善兵衛は町の噂を気にしていた。鉄之助が女房のはなを当てにしての親切ではないかと疑っていたが、四年経っても、その気配が全くないので、鉄之助を信頼するようになっていた。長女のよしは八歳、長男の一郎は六歳になっていた。二人とも親切な小父さんとして鉄之助を慕っていた。

鉄之助の子供好きは有名だった。彼はいかなるときでも右のポケットに飴玉をいっぱい入れて持っていた。子供を見かけると誰彼となくそれを与え、頭を撫でてやっていた。子供が喧嘩などしていると、まるで大人の喧嘩の仲裁でもするような真剣さを見せるのも滑稽だった。

日本人街には日本人学校があった。海が見える丘の上にある学校の近くに公園があって、そこで日本人の子供が二組に分れて喧嘩をしていた。

鉄之助がその間に割りこんで、双方をなだめているところへ二人連れの男が通りかかった。

「あの耳のでっかい小男が後釜狙いのテッツという野郎か」

鉄之助がその声を聞いて振り返ると、顔に切り傷のある大男がいた。傍に安蔵がおどおどしながら立っていた。鉄之助はゆっくりとその男に近づいて行った。一言も云わずに、のっしのっしと近づいて来る鉄之助のふてぶてしい姿に、大男はやや不安をおぼえたようであった。

「おれはシアトルの熊っていうものだ……」

男は威嚇《いかく》したつもりだったが、鉄之助は知らん顔をしていた。

「野郎、おれと果し合いをするってえのか、面白い、さあ来い」

男はジャックナイフを構えた。だが鉄之助は男の顔を見ながらゆっくりと近づいて行った。男はジャックナイフをふりかざして虚勢を張った。鉄之助の両手がポケットに入った。男はおそらく鉄之助がポケットから、ジャックナイフでも取り出すだろうと思っていた。だが鉄之助は容易にはポケットから手を出さず、いよいよ男のジャックナイフが間近に迫ったときに、彼は左の拳をひょいと前に突き出した。男の目がその左拳にそれた瞬間、鉄之助の右手がポケットから出た。光る物が大男の顔に飛んだ。それは飴玉であった。

男が飴玉をくらって、たじろいだ隙に鉄之助は男の向う脛をしたたか蹴とばしていた。男は見掛けによらぬ大きな悲鳴を上げて倒れ、続いて鉄之助の一撃を受けて、大地に伸びた。シアトルの熊と名乗る、流しのよたものは三日後にはバンクーバーを去った。

このことがあって以来、鉄之助のことを後釜狙いなどという者は居なくなった。彼が鈴木一家を助けてやっているのは、徹底した子供好きからだろうという噂が流れた。

鉄之助の援助は結局十年間続いた。この間鈴木善兵衛の病状は一進一退を繰り返しながら、死の淵へ向って落ちて行った。善兵衛が死んだのは昭和七年の春であった。

雨期が過ぎてようやく春がやって来たころだった。ドッグウッドの白い花が咲くと同時にあらゆる植物の花がいっせいに咲き出し、やがてコットントゥリーの柳絮《りゅうじょ》が雪のように舞い狂う季節に入ったころ善兵衛は死んだ。

善兵衛の意識は最期まではっきりしていた。死期が迫った善兵衛を訪れた鉄之助に向って善兵衛は両手を合わせてかすかな声で云った。

「女房や子供のことをお願いします」

鉄之助はそれに対して、何回も頷いてやっていた。

鉄之助は善兵衛の葬儀を済ませ、日本人墓地に墓碑まで建ててやった。

「バンクーバーの鉄野郎《テッツ》もいよいよ身をかためるときが来たようだ」

と誰彼となくささやいた。後釜狙いというような中傷ではなく、十年間、鉄之助が鈴木一家を保護し続けたことは美談として語られていた。

「あなたはまだ若い、これからあなたも、あの人を迎えて、人並みの夫婦生活を楽しむことさ」などと、はなに向ってあけすけに云う女もいた。あの人とは鉄之助のことだった。そう云われると、はなは思わず赤くなった。彼女にしても、この日が来ることを予想していないではなかった。亭主が死んだら、すぐ再婚するのが、女ひでりのカナダにおける習慣だった。娘のよしは十四歳、一郎は十二歳になっていた。二人ともこのあたりの事情はわきまえていた。

はなは鉄之助の申し出を待っていた。だが、鉄之助は善兵衛が死んだ後は、よほどの用がないかぎり、鈴木一家には近づこうとしなかった。

夏の盛りの朝であった。出稼ぎの漁夫で賑《にぎわ》うバンクーバーの日本人街は、まだ眠っているころ、鉄之助の部屋を鈴木はながノックした。鉄之助は眠っていたが、あわててそのあたりを取り片づけて、はなを部屋に迎えた。

「人目につくと、あなたに迷惑をかけると思いまして、いまごろ伺いました」

鈴木はなは云った。鉄之助は賭博場のすぐ近くに住んでいた。このあたりは夜の方が人通りが多く、人目をさけるには早朝の方がよかった。

「用があったら、子供でも使いに寄こしてくれたらよいのに」

鉄之助はなにかおどおどしながら云った。

「子供では役に立ちません、私たちの間のことですから」

はなはそう云ってからしばらく間を置いて、用意していた言葉を切り出した。

「私はあなたのほんとうの気持を聞きに来たのです。私も子供たちも、あなたが、私のところへ引越して来たらよいと思っているのですけれど、あなたはそれをどう考えているのですか」

考えに考えた末に云ったことだったが、さすがに言葉使いは乱れていた。

「そうなったら、バンクーバーの日本人たちは、それ見ろ、テッツはとうとう後釜にすわったと云うだろう。それにな、おれはもう四十五歳だ。今さら結婚するって年齢ではない。はなさんはまだ三十三歳の若さだ。いい人があったら結婚したらいい。バンクーバーにいなかったら、日本へ帰って探すことだ」

鉄之助は前から、はなの両親が日本へ帰れという手紙をしばしば、はなのところへ寄せていることを知っていた。はなが写真見合いでカナダに来たころ、はなの実家は左前だったが、今では、はな親子を引き取ってもどうにかやって行ける状態までに立ち直っていた。

「鉄之助さんは私が嫌いなのですか」

「違う。嫌いだったら、お世話なんかしなかっただろう」

鉄之助は、はなが好きだった。泥濘に倒れていた彼女を助けて、彼女の家まで運んで行った時から、彼女に想いを寄せていたのだが、面と向っては、好きだなどとは金輪際《こんりんざい》云えないのが鉄之助の鉄之助たるところだった。

「嫌いでなかったら、この私をどうにかしたらいいのに、誰だってそうなることが当然だと思っているわ――」

さすがに、はなは最後までは云えずに、俯《うつむ》き、全身の神経を張って、鉄之助の動きを待っていた。鉄之助が手を伸ばして来たら、その胸にすがりつこうとまで思い詰めていた。

「はなさん、あなたは亭主を亡くしたのだから当然故郷へ帰らねばならない。あなたが故郷に帰る費用はおれが作る」

鉄之助はそう云うと同時に立上っていた。

鉄之助は、その日から、鈴木親子の餞別の費用を集め歩いた。鉄之助が書いた、「鈴木はな親子餞別帳」の表紙を見ると、日本人たちは二ドルか三ドルは出した。少いと彼はその場を動かなかった。ことわる人は一人もいなかった。誰もが鉄之助の鉄拳をおそれているからだった。

鉄之助の拳骨を喰ってひっくり返ったという日本人が何人かいた。

〈何時殴られたか分らなかった。気がついたら倒れていた〉

と云われているほど、彼の拳骨には威力があった。

鉄之助は牟礼三四郎のところには一番最後に行って、

「六十五ドル出して下さい」

と云った。それまでの餞別合計が四百三十五ドルあって、六十五ドルを加えると丁度五百ドルになる計算だった。

牟礼は、黙って六十五ドル出してから鉄之助に云った。

「おれは大きな勘違いをしていたようだ。今度こそおれの負けだよ」

牟礼だけではなく、多くの日本人は考え違いをしていたようだった。

三十三歳の鈴木はなは多くの日本人に送られてバンクーバーを離れて行った。

「日本人の女が不足しているというのに、あれだけの器量好しをみすみす、日本へ返してしまうなんてなさけないことだ」

と囁き合っている者もいた。鉄之助と鈴木はなについて噂をする者はなかったが、そのころバンクーバーでひそかに語られていたのは、

「テッツはもともと日本人の女が嫌いなのさ、そのわけは、以前に日本人の女に裏切られたからだ。日本人の女が嫌いだという証拠には、彼が白人女郎屋《ハーロットハウス》しか出入りをしないのを見ても分る。鈴木親子を助けたのはあの男の義俠《ぎきょう》心からだろう」

*

長松鉄之助の行動に指をさす者はいなくなった。彼は賭博場の用心棒であり、バンクーバーの日本人街の地回り的存在でもあった。もめごとがあれば彼が出て解決する場合が間々あったが、金銭的なことや、商売上のトラブルにはいっさい口を出さなかった。おれが仲に入らずとも、他に人がいるだろうというのが彼の口癖だった。彼が首を突込むのは暴力が介在するもめごとであった。彼の鉄拳が飛ばないかぎり解決を見ないような時には率先してでかけて行った。

日本人移民の締め出し政策にもかかわらず、バンクーバーの日本人の人口は依然として徐々に増え続けていた。その中へは絶えず、異端者《いたん》が割込んで来るし、時には食いつめ者やならず者が新しい縄張りを求めて入って来た。そういう連中に共通したことは、日本人街の夜のボスのにおいを敏感に嗅ぎ分けることだった。バンクーバーにやって来ても、鉄之助のような男が居てはとても羽根をのばすことができないとみて、さっさと他の土地へ行ってしまう者もあったが、中には、生命を賭けて鉄之助に挑戦しようとする者もいた。

砂金掘りの源治という男がアラスカからやって来たのは昭和十二年の春だった。大正初めのゴールドラッシュ時代にアラスカにやって来て、大儲けをしたというのが前歴だったが、その他のことはいっさい不明であった。おそらく密入国者だろうと噂されていた。

源治は小金を持っていた。バンクーバーに落着いて一杯飲み屋を始めると同時に金貸しを始めた。利子が安かったし、あまり、あこぎな真似をしなかったから、問題にならなかったが、一年ほど経ってから、その本性を現わした。高利貸になったのである。借金取り立て役の乾分も三人ほどこしらえていた。

源治は抜け目のない男だった。鉄之助のところにはしばしば顔を出して、テッツ親分と呼んでいた。

源治は口入れ屋とぐるになっていた。まず源治は乾分たちを使って、人のよさそうな男を見つけては賭博をすすめた。

「資金だったら、無利子で貸してやるぜ」

とそそのかし、賭博をやらせ、気が付いた時には多額の借金を負っているという結果に追いこむ。そこで、口入れ屋が登場して、男にかわって源治に借金を返済し、男の身柄は奥深い山の中の伐採場か鉄道工事場へ送られて行くのである。

賭博好きな独身男がよく、この手にひっかかった。

金銭のトラブルには口を出さない鉄之助だったが、賭博場を彼等の商売の罠に使っている源治を許しては置けなかった。

鉄之助が源治をこの町から追い出すと云っているのを伝え聞いた源治は、ピストルを用意して来るべき喧嘩に備えた。

白人街ではピストル騒ぎはあったが、日本人街にはめったになかった。

源治は三人の乾分にピストルを持たせたばかりではなく、ジョーという拳銃使いまで雇い入れた。

「今度こそいくらバンクーバーのテッツでも、手が出せないだろう」

手が出せないどころか鉄之助の生命は危いと云う者もあった。牟礼三四郎は、

「本気で源治と争うなら、おれが加勢を出してやるからもう少し待て」

と云った。牟礼は相手がピストルで来るなら、こっちもピストルをと考えていた。しかし鉄之助はせせら笑っていた。

「なあに、おれ一人で大丈夫さ」

睨《にら》み合いは続いたが、鉄之助は、すぐ手は出さなかった。いつになく彼としては慎重にかまえていた。テッツはやっぱり、ピストルにおじけづいたのだと噂をする者もいた。

鉄之助は特に乾分はいなかったが、頼めば、彼のいうことを聞いてくれる人間が何人かいた。安蔵もその一人だった。鉄之助は安蔵にジョーの見張りを頼んだ。

拳銃使いのジョーは、源治が経営しているバーの二階に寝泊りしていた。彼の隣りの部屋に源治がいた。

日本人街には日本人ばかりではなく、若干の白人もいたが、その数は少なかった。ジョーは一週間に一度は日本人街を出て一晩は帰らなかった。行く先は女のところだった。

鉄之助が源治に当て身をくれて、彼の二階の部屋から連れ出したのは、ジョーが不在中のことだった。乾分は階下にいたが、物音一つ聞かなかった。鉄之助は屋根伝いに源治の部屋に入り、当て身をくらわしてから、源治を肩にかついで梯子を伝わって外に出た。安蔵が一人手伝っただけであった。

鉄之助は水をぶっかけられて気がついた源治に向って、厳粛《げんしゆく》な顔で云った。

「あのバーと二階建ての家をおれに売って、明日中にこの町を出て行って貰いたい」

源治は敗北を認めた。ひとことも云わなかった。云えば鉄拳が飛んで来ることは明らかだった。源治は黙って売買契約書に署名した。

「この町は、てめえのような奴が二度と来るところじゃねえ、明日中に出て行かないともっとひどい目に会うぞ」

鉄之助は源治に金を渡し売買契約書を取り交した。この喧嘩は法律的に抜目がないようにした方がよいと教えたのは、知り合いの弁護士だった。源治の家は適当な価格で鉄之助の手に移った。その金は牟礼から借りたものだった。

源治は鉄之助に強制的に家を買い取られた恨みをピストルの弾丸で返してやるぞと心に期しながら家に帰ると、そこに警察官が待っていて、もぐりの金融業の嫌疑で逮捕された。証拠は既に鉄之助によって提供されていた。

鉄之助は語学が達者だったし、用心棒を長い間やっている間に白人の巡査と懇意になっていた。源治を逮捕する口実を教えてくれたのは、彼と親しい巡査だった。

警察の手が入ったと聞くと、ジョーは姿をかくし、乾分の三人も何処かに消えた。源治が留置所に三晩置かれて、出て来たときには家は釘付けになっていた。

砂金掘りの源治が尻尾を巻いてバンクーバーを去ったのは秋の終りころであった。

「テッツという男は腕ばかりではない、結構頭の働く人だ」

と日本人たちは鉄之助を讃めたが、鉄之助はあまり嬉しそうな顔はしなかった。

鉄之助のダニ退治は続いた。バンクーバーに住む日本人の中に英語の達者な田中という男がいた。彼はその才を買われて、港の移民局で通訳として働いていた。はじめは真面目に働いていたが、どうしてもカナダに来たいが、移民法がわざわいして来られないという日本人の密入国を助けてやって以来、計画的に密入国を幇助《ほうじょ》して稼ぐようになった。

既に移民として入国している日本人の旅券を日本へ送り、それを新しい人に持たせて、ただいま里帰りをすませて帰って参りましたというような顔で入国する方法だった。白人が見ると日本人の顔はどの顔も同じように見えたから、パスポートの写真だけではまず発見されることはなかった。彼は密航が成功すると、その報酬として百ドルを取った。

密航者には百ドルなどという大金はないから、働いて返済しなければならなかった。遅れると利子を取られた。

鉄之助は、或る夜、賭博場にやって来て、たったの二十ドルを取られただけで、膝をついて泣き出した男の様子がおかしいので、別室に呼んで問い詰めた。この結果田中の悪事を知ったのである。

「働いても働いても、最初の百ドルがどうしても返せないから、つい賭博で儲けようと考えました」

男は製材場で働いていた。

「移民局で通訳をやっている男といえば、あの田中のことか」

鉄之助が訊くと男は頷いた。

「そんな金は返すことはない。おれと一緒に来るのだ、話をつけてやる」

鉄之助は田中がそのような悪辣《あくらつ》な儲け方をしているという噂を何回か聞いていたが、証拠を握ったのははじめてだった。

鉄之助はその足で田中が飲んでいる日本料理屋へでかけて行き、彼を外に引張り出すと、その場で密入国の男と面接させた上で云った。

「日本人の弱味につけ込んで儲けるなどとは、とんでもねえ野郎だ」

言葉が終らないうちに、鉄之助の拳骨が飛んだ。しかしそれは軽い一発だけだった。

彼は田中の機先を制して置いてから、いままでにこの男から取り上げた金を返してやれと云った。

田中はしぶしぶ有り金の三十ドルほどを出した。

鉄之助は震えて見ているその男のポケットにその金をねじこんでから、田中に向き直り、

「二度とこんなことをしたら生かしては置かないぞ」

と、今度こそ本気で殴りつけた。田中は大地に這いつくばったまましばらくは動かなかった。

鉄之助の鉄拳が威力を発揮したのは、このころまでだった。昭和十五年に、日本人賭博場へ白人と共にやって来た若い日本人の二世が、賭博のやり方に不正があると、文句をつけた。鉄之助が二人を外へ引張り出して殴りつけようとすると、日本人二世の拳は彼よりも早く動き、鉄之助はしたたかアッパーカットを食わされてダウンした。

鉄之助は地に這ったまま、しばらく考えた。こやつボクシングを身につけているな。それな

らそれなりに、喧嘩のやり方がある。彼は呼吸を整えてから、手を伸して相手の足を取って引っくり返して蹴飛ばした。日本人に替って連れの白人がボクシングの構えで鉄之助にかかって来た。向う脛を狙おうとしたが隙がなかった。相手の拳が、鉄之助の顎を狙って突出されるたびに彼はうしろにさがった。その手を取って、腰車で投げ飛ばそうと思ったが、白人の拳は突くのも引くのも目にも止らぬ早業だった。

(やっぱり、相手の脛を蹴飛ばす以外に勝つ方法はない)

彼は、突き出した相手の右腕を軽くはずして、思いっきり彼の脛を蹴上げたつもりだったが、相手の方が一瞬早く、左拳のストレートが鉄之助を襲っていた。その一発で彼は倒れ、二度と起き上ることはできなかった。

「おれも、もう年齢《とし》だからな」

鉄之助は、多くの人に介抱されて意識を取り戻した時にそう云った。彼は五十三歳になっていた。

＊

昭和十六年に入ると、日米間の外交は行きづまったかに見えた。しかしこれは飽くまでも外交上の問題であって、まさか、日本が米英を相手に戦争を始めるなどとは、カナダに在留している日本人は一人として考えていなかった。

開戦と同時にバンクーバー在住の日本人たちは身の危険を感じ、寄り集っては、将来のことについて語り合った。どう考えても、このままでは居られないような気がした。その予感は当った。間もなくやって来た日本人の不動産没収及び収容所への強制移転の通知は、カナダを第二の故郷と考えていた日本人にとってはこの上もない衝撃だった。苦労に苦労を重ねた末、どうやら家を持ち、いくらかの土地を持つことができるところまで漕ぎつけた日本人にとっては、死を宣告されたも同然だった。だが彼等はそれに対して抗《あらが》うことはできなかった。憤慨してもどうにもならないし、訴え出るところもなかった。収容所に入れられるまでに、家や土地を処分しなければならない。そうしないと没収されることになっていた。

日本人街の周辺に住む中国人や、白人たちは、日本人の弱味につけこんで家や土地を安値で買い叩こうとした。

或る者はこの際どのようにしたらよいかを、日本領事館へ相談に行ったが、領事館としても在留日本人に助言してやるべきなにものも持ってはいなかった。

その日本人たちの中にも特例があった。仲よくしている白人に自分の家屋敷を、将来再びここへ戻って来たときは買い戻すという、相互の信用のもとに、一ドルで売買契約を結んだのである。そういう人たちは、後日、また一ドルで自分の家を買い戻し、そこに住むことができたが、そのようなことのできた日本人は非常に少なかった。日本人は日本人だけで団結していて、白人社会との交際が少なかったからである。

鉄之助には不動産はなかった。砂金掘りの源治から買い取った家は、借金のかたとしてそのまま牟礼三四郎のものになっていた。だから彼はこのような場合、むしろ財産が無いだけさばさばとしていた。その鉄之助のところに彼が間借りしているルーミングハウスの主婦が相談に来た。たまたま彼女の夫が日本へ行っていて不在中だった。

「信用できる白人と一ドルで売買契約を結んで置いて、後で買い戻す方法があると聞きましたが、あなたはそういう白人を知らないでしょうか」

主婦に相談を受けた鉄之助は、早速領事館にでかけて行って、そういう方法ができるかどうかについて訊ねて見た。

「家族同様に交際しているような白人が居たら、それもよいでしょうし、こういう際だから、いくらでもいいから売ってしまって現金に変えてもよいでしょう」

と領事館員は云った。

「それじゃあ答えにならない。おれは信用おける白人となら、一ドルで売買契約を結んで置けば、将来必ず取り返せるかどうかを訊いているのだ」

しかし、それには領事館員もはっきりと答えられなかった。

「将来についての予想はできません。必ず取り返せるかどうかは分りません。そういうことは本人が決めることではないでしょうか」

領事館員はそれだけ云うと、忙しいから失礼しますと席をはずした。

鉄之助は、領事館を出て、知っている白人の弁護士を探したが、彼は不在中だった。期日はせまっていた。翌日になって再び領事館へ行って見ると領事館は閉されていた。領事館員は外交官の特権として、日本へ送り返されたのである。

「困っている在留邦人を見捨てて、自分たちだけさっさと逃げて帰るとは、なんという、見下げ果てた野郎どもだ。こうと分っていたら、二つ三つ餞別の拳骨を贈ってやればよかった」

と鉄之助はくやしがったが後の祭りだった。

彼には知り合いの白人が二、三人いた。だがその中で信用が置ける白人というとその数は少なかった。巡査上りのテイラーに頼んだらなんとかなりそうに思われたので、テイラーを訪ねて話をつけて帰ってみると、ルーミングハウスの主婦は、上、下併《あわ》せて十部屋もあるこの建物を、たったの百ドルで中国人に既に売り渡していた。

鉄之助はその日本人主婦に嫌味は云わなかったが、

「百ドルで売るなら、おれが買ってやったのに……」

と云った。百ドルで買って、この建物をテイラーの名義にして置けば、後で取り返せたのにと考えたがすべてが後の祭りだった。

日本人たちは東部の山の中のゴーストタウンへ連れて行かれた。そこには厳しい寒さが待っていた。

当時、バンクーバーには一万人の日本人がいたが、その中で金持ちと見做され、キャンプ内で自活を許された者はたった五十名しかいなかった。他はすべて食糧の配給を受けねばならなかった。

収容所に来てからの鉄之助は人が変ったようになった。拳骨を振り廻すこともなかったし、彼が口癖にしている、野郎、ぶんなぐってやるぞというような言葉はめったに吐かなかった。

キャンプ内の白人が日本人収容所の食糧の上前をはねて横流しをしているという噂が流れ、その証拠の一端が握られた。収容所長のところへ抗議に行くと息巻く者もあったが、彼はむしろ、その静め役に廻っていた。

他のキャンプにいる日本人から手紙が来て、そっちの方が優遇されているらしいという情報を得て、一部が待遇改善の要求を出そうとしたときも彼は動かなかった。

「食べさせて貰っているうえに家もある。ここにだまって居さえすれば生命に別条はない。子供たちにやる、飴玉が買えないのは残念だが、まあしようがない」

鉄之助はそう云っていた。

他の日本人が戦況の推移に高い関心を持ち、ラジオにかじりついているのに、彼は、なんとなく超然とした態度で、収容所の中を散歩していた。

「テッツはもう年齢だな」

と若い頃の鉄之助を知っている者がつぶやいたほど鉄之助は変った。

「いやそうではない、テッツは自分がマークされていることを充分知っての上、おとなしくしているのだ。キャンプで騒げば監獄行きだし、下手をすれば銃殺になるからな」

とまことしやかに云う者もあった。賭博場の用心棒だったという前歴が、キャンプまでついて廻っているかどうかは不明だったが、時折、キャンプ側の役人が、テッツはどうしているかと訊くことがあった。

「テッツは健康が勝れないのか寝ている時が多いようです」

という答えにキャンプの役人は頷いていた。キャンプ内の日本人にかなりの自由が与えられるようになってから、鉄之助はよく知っている日本人に云った。

「おれがキャンプでおとなしくしているのは、白人たちに目をつけられているからではない。こんなところで騒いだところで、どうにもならないし、騒げばかえって日本人の立場が悪くなるからさ」

そして、彼は更に一言つけ加えた。

「おれは昔っから負けると分っている喧嘩はしないことにしているのさ」

鉄之助がキャンプ生活の中でたったの一度も問題を起さなかったのは、不思議なことであった。

やがて日本人は収容所を出される時が来た。はだか同様で放り出されたのである。バンクーバーに帰っても家のない人たちがほとんどであった。排日運動が盛んなバンクーバーに帰るより、東部で職を求めた方がいいというので、解放後は、バンクーバーに帰らず東部に止った日本人が多かった。

鉄之助もまたその人たちと共に東部のトロント市に移った。

＊

自由を得てトロントに出て来た日系人たちを待っていたものは決して自由ではなかった。陰険な迫害が続く中で職を求めて彷徨する日系人の姿は哀れであった。バンクーバーへ帰った方がよかったのではないかと悔いる者もあったが、彼等には帰るべき旅費さえなかった。イギリス系カナダ人が日本人につらく当った。その中でもアイルランド系カナダ人が特によくなかった。フランス系、ドイツ系、ロシア系、ユダヤ系の白人は比較的日本人に親切だった。日系人に家を貸し与えたのはこれらの人たちだった。イギリス系でも熱心なキリスト教徒たちは、日系人の救済に積極的な協力を示した。飢えに泣く日系人の家の戸口に、食糧の入った籠が置かれてあるというようなことは珍らしいことではなかった。

日系人はこのような善意の人たちに助けられながら、職場を得て、次第に独立して行った。一ヵ所にかたまって居を構えることはできず、てんでばらばらに家を探し、職を求めた。そうせざるを得なかったのだが、こうしてカナダの白人社会に溶けこむことによってかえって、日系人ということが意識されないようになっていた。

昭和二十二年になった。鉄之助は六十歳という年齢にもかかわらず、道路工夫として働いていた。トロントに住んでいる日系人は一万人は優に越えている筈だったが、鉄之助とつき合っている人は少なかった。彼は白人社会の中で独りで生きていた。

道路工夫の中にアイルランド系のボスがいて、鉄之助に対して特につらく当った。

「おいテッツ、お前はここを掘れ」

と彼に割り当てられるようなところは、石の多いところだったり、水が出る湿地だったりした。鉄之助は、黙ってそこを掘っていた。ボスは、鉄之助がなにを云っても素直に聞く日系人となめてかかり、おおぜいの同僚が見ている前で、

「おい、ジャップ、こっちへ来い」

と彼を呼んだ。彼は知らんふりをしていたが、再三にわたってジャップと呼ばれると、ゆっくり立ち上って、ボスの前に行って云った。

「ジャパニーズと呼ぶかテッツと呼んで貰いたいものだね」

鉄之助は静かな低い声で云った。

「なんだとこのジャップめ」

怒鳴った直後にその男は鉄之助の拳骨をくらって引っくり返っていた。ボスは起き上って、鉄之助に殴りかかって行ったが、今度は向う脛を蹴られて倒れ、そのまま起き上れなくなった。ボスを助ける者はいなかった。彼が日頃評判が悪かったからである。

鉄はそこを馘《くび》になったが、その時の実績がものを云って、別のところへ雇われた。カナダと

いうところはそういうところだった。

鉄之助はせっせと稼いだ。酒も飲まないし、女郎屋へ行く年齢でもなくなっていた。彼がなぜ金を貯めるかを、仲間が訊くと、

「自分の葬式代は自分で稼いで残して置きたいからだ」

と答えた。彼は葬式代として、二千ドルの予算を建てていた。それだけあれば葬式が出せるし、ちょっとした墓もできるだろうという計算だった。

このころから鉄之助はジャックナイフを持ち歩くようになった。

「喧嘩をするつもりはないが、受けて立たねばならないときもあるだろう。その時にはこれを使うのだ」

バンクーバー時代には絶対に刃物を使わなかった鉄之助が、刃物を持ち歩くと聞いて、やっぱりなあと、彼の年齢を数える日本人もいた。

このころから鉄之助の噂がトロントの日系人の間に流れるようになった。トロントの日系人はバンクーバーから来た人たちばかりではなかった。鉄之助のことを知らない日系人にとっては、彼の履歴は小説そのものだった。しかも彼が二十歳のときバンクーバー事件に飛びこんだ以前のことは謎に包まれていた。だから話の種になったのである。

終戦後十年を過ぎると、ようやく日系人は、一つのところに寄集って、話し合える機会を持てるような余裕ができた。

鉄之助の出身については、京都生れで、両親は機屋《はたや》をやっていたという説の他に、彼は日本人ではない、済州島生れだなどと云う者もいた。広島県説、山口県説などいろいろあった。大富豪の落し子だとか、某将軍と京都の芸者の間に生れた子だなどとまことしやかに云う者もいた。カナダの日系人の間では、初対面に出身県を訊くのが挨拶がわりになっていた。それを訊かれると鉄之助は山口県と答えたが、小さいとき京都に出たから、くわしいことは知らないと云った。鉄之助が山口県出身だと云っているのに、それを信じようとはせず、あれこれと勝手な憶測をするのは、鉄之助がいままで身の上話らしいことを一度もしたことがないからだった。したがって、彼が時々口にしていた断片的な話を総合しては、勝手な噂が作り上げられていたのである。

「それにしてもテッツは偉い。二千ドルの葬式代を用意するとはたいしたものだ」

普通の者にはできないことだと、彼に敬意を払う者もいた。

その二千ドルが鉄之助の同僚の白人労働者に詐取《さしゅ》された。終戦後八年経っていたから彼が六十六歳のときのことである。相手の白人は詐欺の常習犯で、たまたま職場で知り合った鉄之助に、子供が病気で二千ドルないと生命があぶないともちかけ、まんまと詐取したのである。鉄之助が子供に弱いと知っての犯行であった。

鉄之助が中国人街の賭博場に現われるようになったのは昭和三十年の春からだった。

その年の秋、彼は番攤《ファンタン》賭博に持って来た二十ドルを賭けた。その日は珍らしく彼につきがまわり、あっという間に二百八十ドルを得た。

彼は、そこで賭博を止め、その金を知人の高橋の所へ持って行った。

高橋好吉は、バンクーバー以来の知人であり、彼はトロント市内に職を得て、働いていた。

鉄之助がバンクーバーにいたころ可愛がってやった子供は立派に成人して大学に通っていた。

「これは賭博で儲けた金です。もし私が死んだらこの金で葬式を出して下さい。墓碑も欲しいと思ったが、賭博場の用心棒だった男に墓碑は要らないでしょう」

彼は高橋好吉にそう云って頼みこんだ。言葉使いが丁寧になったのも年齢のせいだと高橋は思っていた。高橋は近所に住んでいた日本人三人に証人になって貰い、鉄之助の願いを引き受けた。

鉄之助の身体に重労働はこたえた。二日働いては一日休むような日が続いた。その鉄之助が再び賭博場に現われるようになった。彼は、賭博場の入口に立っていてそこへやって来る日本人を見掛けると、肩を叩き、賭博を止めて立去るように忠告をするという、おかしなことを始めたのである。はじめての日本人は驚いた。なにをこの爺《じじ》いめがと怒る男もあった。鉄之助は、自分がもと賭博場の用心棒だったことを話し、賭博は一度やり出したら止められない、云わば一種の病気であると説いた。それでも賭博場へ行こうとする者があると、

「てめえみたような男は、生きている価値のねえ野郎だから、おれが殺してやる」

と云って、ジャックナイフをちらつかせたりした。だが、こんなことは長くは続かなかった。

鉄之助の前歴を知らない、日本からやって来た気の強い商社員が、ジャックナイフをちらつかせた彼に腹を立て、したたか彼を路上に投げ飛ばした。その時に腰を痛めて以来、彼は労働ができなくなった。

昭和三十五年、鉄之助は七十三歳になっていた。

＊

鉄之助は養老院に入ることをはじめは拒んだ。養老院になんか入らないでも、なんとか一人で働いて食べて行けると豪語したが、腰痛で一ヵ月ほど仕事を休んで寝てからは、他人に迷惑をかけるよりはという気持になって、トロント市内の養老院に入った。

養老院は六階建ての立派な建物だった。各階に娯楽室と浴室があり、個室と二人部屋があった。一流のホテルと何等遜色《そんしょく》のないような構造になっていた。老人を世話するために多くの職員が働いていた。そのほとんどが女性だった。養老院に入っている老人の多くは白人で日系人は鉄之助一人だった。トロントに中国人は十万人もいるが、彼等は彼等だけの力によって教会や養老院を建てていた。

鉄之助は養老院に入ると、別人のように、おとなしくなった。

「ただで食べて、寝て、その上、老人年金が貰える。天国とはこういうところを云うのだろう」

彼は時折、ここを訪ずれる日系人に云った。毛唐という言葉を乱発しては、白人に対抗意識を燃やしていた以前の彼とは全然違った人間に見えた。

「おれはカナダ政府がこんなに親切だとは知らなかった」

そんなことを云った後で彼は必ず、

「これというのも、おれたちが白人にばかにされないように頑張って来たからなのだ」

と附け加えるのは忘れなかった。日本人に会うと、バンクーバーに居たころの武勇伝を繰り返して話した。過去の思い出に生きているのは他の日系人の老人と同じであった。

養老院に入って以来、数年間、全くおとなしくふるまっていた鉄之助が、或る日食堂で突然怒り出した。彼のサラダの皿の中に虫が入っていたのである。そういうことはめったにないのだが、なにかの間違いか偶然のできごとだった。

彼は食堂の責任者を呼んで、

「おれを日本人と見ての差別待遇であろう」

彼はそう云うと、食卓の上に、サラダの皿を引っくり返した。

このことがあってから、彼は養老院で要注意人物になった。しかし、日頃はまことにおとなしく、同室や隣室の老人等に対して親切で面倒見がいいという点で注目されていた。

それまで個室にいた彼は二人部屋に移され、白人の大男と同居することになった。雲を突くばかりのジムという男だった。ジムは徹底して無口であり、気に入らないと物を投げる癖があった。ジムははじめ一人部屋にいたが、孤独が彼によくないということで二人部屋に入れられた。

しかし、すぐ相手とまずくなったので、鉄之助の部屋へ移されたのである。変り者には変り者をという養老院側の配慮のようであった。

鉄之助はそのジムという大男の面倒をよく見てやった。ジムがなにか気に入らないことがあって、暴れ出すと、鉄之助はいとも簡単に彼をうしろ手に縛り上げた。鉄之助にそうされるとジムはおとなしくなり、もうしませんから許してくれとあやまった。ジムは風呂嫌いな男だったが、鉄之助は強引にバスルームに連れて行って彼の身体まで洗ってやった。鉄之助はそれまで誰もできなかったジムの世話をこのように立派にやってのけた。

ジムは機嫌がいいときには時々口を利くことがある。ジムが鉄之助と同じ明治二十年（一八八七年）生れだということもなにかの因縁だった。

「ジムお前は英国人《イングリッシュ》だろう」

「いやおれはアイルランド人《アイリッシュ》だ。英国人なんかであるものか」

とジムが云ったことがある。

「そうか、おれは日本人いじめばかりやって来たアイリッシュは大嫌いだったが、お前は好きだ」

鉄之助はそう云って、彼の倍もあるジムの手を握ってやった。

鉄之助は養老院に入ってからずっと健康だった。彼は朝起きて食事をすると養老院を出て、そこから歩いて三十分ほどもあるところの、邦字新聞社に顔を出し、そこで新聞を読ませて貰い、時には社員の日本人たちとしゃべって、昼食までには養老院に帰り、午後には別なところに散歩にでかけるような生活が続いていた。ジムにバスを使わせるのはもっぱら夕食後と決めていた。

散歩に出る時には、小銭をポケットに入れていた。少年を見かけると誰彼となく小銭を与えた。彼のポケットの飴玉が小銭になったのは時代のせいである。素直に金を貰ってサンキューを云う少年もあるし、中には不審な顔で鉄之助の顔を見詰めて、手を出さない子もあった。傍に親がいて、急いで子供を呼びよせる場合もあった。

公園のベンチに坐って子供たちの遊ぶのをじっと見詰めている彼の姿からは往年のテッツの姿は想像されなかった。

邦字新聞に、彼の知っている日本人の訃報が掲載されると、必ず彼はその家を訪問した。

「おれはこの年齢になって、はじめて、花の名前をおぼえたよ」

と彼は同室のジムに話したことがある。死んだ知人を訪れるときに花を持って行くようになって花の名を覚えたのである。

養老院に入ってから、月日の経つのは早かった。いつの間にか鉄之助はこの養老院では古株になっていた。ジムが死んだ後に来た男は、朝から晩まで十字架を拝んでいるロバートという男だった。別に世話は焼かせないが、ロバートには、眠っている人の顔を傍に坐って何時までも見詰めているという癖があった。夜半に人の気配で目を覚すと、そこに自分の顔を覗きこんでいるロバートが坐っているということが続くと、誰でも薄気味悪くなる。この癖があるので、ロバートは同室者に嫌われ鉄之助のところに来たのである。ロバートもその意味では注意人物であった。

鉄之助にはこの癖があることなど知らされなかったが、一ヵ月も居を共にしていると、鉄之助もこれに気付いた。

「なんでおれの顔を見るのだ」

鉄之助はロバートに訊いた。

「じっと見詰めていると、死んだマリーの顔が浮んで来る」

ロバートのその言葉を聞いた鉄之助は、翌日、ダウンタウンで仮装パーティー用のライオンの仮面を買って来て、寝るときにそれをかぶって寝た。

ロバートは奇妙な癖を止めた。ライオンの仮面をいくら眺めていても、マリーの顔は浮び上ってはこなかったのである。

そのロバートが老衰で入院した翌日のことである。邦字新聞社から電話がかかって来て日本から清村という男が鉄之助を訪ねて来たことを知らされた。

彼はその名を訊き返した。

「清村さんですね?」

「そうです、きよいむらと書いて清村……」

そう答える声が鉄之助には痛いほどに感じられた。

清村という姓は鉄之助の父の姓であった。カナダに来て以来、耳にしたことのない姓だったが、彼にとっては忘れられない姓だった。清村という姓の人が訪ねて来たと聞いた瞬間、彼は、自分を捨てた父とその係累を頭に思い浮べた。

「おれに何の用かね」

「バンクーバーに居たころ、清村さんの奥さんがあなたにお世話になったことがあるそうだ」

邦字新聞社の大場社長はこれからタクシーで行くから、五分後にはそちらに到着するだろうと云って電話を切った。バンクーバーで清村という女《ひと》に会ったことはなかった。

(清村だからといって、それがすぐ自分の過去に結びつくとは決っていない。或はその清村という人は自分と誰かを間違えて訪ねて来たのかもしれない)

鉄之助は一応はそのように考えたが、釈然としない。

何度考え直しても、清村という日本人にバンクーバー時代に会ったこともないし、世話をした覚えなどなかった。鉄之助の胸騒ぎはおさまろうとはしなかった。心の底でなにかが叫びはじめたような気持だった。

彼は立ったり坐ったりした。用も無いのに、ドアーを開けて外を見たりした。

(落着け、きさまはバンクーバーのテッツと謳《うた》われた男じゃなかったのか)

鉄之助は自分自身に号令をかけてから部屋の中を見廻した。ベッドはきちんと整理してあるし、掃除も行き届いていた。ただ部屋の中に飾りが一つもないのが気になった。

養老院はどの部屋へ行っても、写真や絵や置物で飾られていた。老人たちはそれらの物に限りない思出と愛着を持っていた。

壁には額を掛けられるように釘が見えていた。彼はライオンの仮面のことを思い出した。物置きがわりにしていた洋服ダンスの奥を探すとそれがあった。

彼はライオンの仮面を白い壁に掛けて、客を待った。

日本からやって来た男は、六十歳を越えたか越えないかの年齢だった。頭に白いものを置いていた。名刺を出したので鉄之助は眼鏡を掛けた。清村三郎と印刷されていた。

「カナダに社用で来たついでに、此処にお寄りしたのです。お記憶にあるかどうか分りませんが、実は私の妻は、旧姓鈴木よしと云って、バンクーバーで生れました」

「ああ、鈴木よし、鈴木はなさんの娘さんでしたね」

鉄之助は鸚鵡《おうむ》返しに云った。鈴木はなもその娘の鈴木よしも忘れられない人であった。

「私の妻の一家がバンクーバーに居たころ、あなたに助けられて生きていたということを何回となく妻から聞きました。妻がカナダへ行ったら、あなたの消息を調べ、もしお元気だったら一目お会いしてお礼を申し上げて来るように何度も何度も云われてましたので」

清村三郎はそう云いながら日本から持参して来た土産物を取り出した。

そうでしたか、それはよく来てくださいました、と鉄之助は清村に頭を下げてから、鈴木よしの年齢を訊いた。

「妻は去年六十歳で亡くなりました。妻の母は戦争中に亡くなり、妻の弟の一郎は戦死いたしました」

「鈴木よしさんが去年六十歳で亡くなったのですか、そうでしょうね、私は今年九十二歳ですから」

鉄之助はめったに云ったことのない自分の年齢を云ってから、急にふけたような気がした。

鉄之助はバンクーバー時代のことを話し出した。鈴木一家のことを話せば、たっぷり、二、三時間はかかるだろうと思った。ひとしきり夢中で話して、一息ついたときに、清村が云った。

「妻からはあなたの話をいろいろと伺いましたが妻もあなたについて知らないことがいくつかあったようです。まずあなたの出身地が何処かということが、妻がもっとも知りたがっていたことでした」

清村は鉄之助が、他人に話したがらない過去について初対面から触れたのである。

「私の原籍は山口県です。母の戸籍がそこにあるからです。しかし、私は京都で生れました。ひょっとすると清村さんも京都生れではないでしょうか」

京都生れかと聞かれて清村三郎はにこりとして答えた。

「父の清村太郎は京都生れです。祖父の清村玄斎は、京都でもちょっとばかり名前が知れた医者だったそうです」

「清村玄斎?」

と鉄之助が訊きかえした。声が震えていたが、清村はそれは鉄之助の年齢のせいだろうと思っていた。

「そうです。玄斎の玄はこういう字を書きます」

清村は玄という字をテーブルの上に書いた。続いて斎という字を書きはじめたとき、鉄之助がふらふらと立ち上った。

「すみません、年齢を取ると便所が近くなって……」

その鉄之助の後姿を清村はじっと見詰めていた。鉄之助が不自然な、動き方をしたからだった。清村玄斎かと訊いたときの声が震えたのは、年齢のせいではなかったのかもしれない。彼は、便所に立ったばかりの鉄之助の異常に大きな耳をした顔が、晩年の祖父玄斎の写真によく似ていることを思い出した。

鉄之助はトイレに入ったが用を足さずに、水を一口飲んで、たかぶっている心を静めた。まさか鉄之助の父、玄斎の名が、ここで出ようとは思ってもいなかった。清村三郎が玄斎の孫だとすれば、自分は三郎の叔父に当るわけだった。彼はもう一杯水を飲んだ。ようやく普段の自分に返ったようであった。

鉄之助は部屋に帰って身の上話を始めた。

「私の母は京都のあるお屋敷に女中として働いている時、その主人との間に、私を儲けたのです。母は子供をみごもると幾許かの手切れ金と共にその家を出されました」

その主人が玄斎であるとは口が裂けても云えなかった。鉄之助はいままで一度も話したことのない彼の過去を、おそらく、間も無く日本に帰ってしまうだろう甥に向って話そうと思ったのである。そのような気持になったことはいままで無かった。おそらくこれからそう長くは生きられない自分の余生を勘定に入れても、これは一生にたった一度の告白になるだろう。

「私は生れると同時に母の籍に入れられました。母は私を連れて機屋の職人と結婚しました。まもなく妹ができ、私が十歳までは貧しいながらも平和な生活をしていました。ところがそのころ、悪い風邪がはやって、妹が死に、看病疲れで母もまた死んでしまいました。義父はまもなく再婚し、私は十三歳で機屋の小僧に出されました」

鉄之助は機屋で十五歳まで働いたが、あまりにも酷使されるので逃げ出して神戸へ行き、この港で水夫に拾われた。始めは近海航路の船に乗っていたが、やがてアメリカ航路の船に乗るようになった。

シアトルで下船して一年間、アメリカ人の家にハウスボーイとして働いたことがあった。ここで英語を覚えたが、あまり良い待遇ではなかったので、飛び出して再び船に乗った。バンクーバーに来たのは二十歳のときであった。

「バンクーバーで用心棒をしていたころがもっとも楽しいころだったかもしれませんね」

鉄之助はそこまで一気にしゃべった。途中で止められなかったのである。

「なぜ結婚しなかったのです」

清村が訊いた。

「おれのようなやくざ者と結婚した女は一生苦労するからさ、子供ができた場合、その子供が可哀そうだ。私のような者は一代かぎりにしたかった」

鉄之助は、一度は鈴木はなと本気で結婚しようと考えていたことがあったが、今となって見ればやはり結婚しないでよかったのだと考えていた。

「あなた母子《おやこ》を放り出した京都のお屋敷の人はまったくひどいですね、いったい誰なんですか」

清村が訊いた。

「ひどい人です。しかしそういうことは当時としては珍らしいことではなかった。泣く者の上に明治の繁栄があったのですよ」

鉄之助はそう云って目を窓の外にやった。高層ビルが立並んでいた。

「カナダもそうだ。日系移民の涙の上に、カナダの繁栄があったのだ。しかし時代は変った。今は日本商社が堂々と日の丸を立ててカナダのマーケットを占領しにやって来る……」

鉄之助は話題を変えた。清村に訊かれた京都のお屋敷のことをうまくごまかせたなと内心思っていた。

「占領ですって?」

清村は鉄之助の物騒《ぶっそう》な言葉に反問した。

「そうだ占領だ。おれは悪い白人とは拳骨で戦った。しかし、今の日本は頭脳で戦って、次々と世界の市場を占領して行く」

清村はその時、鉄之助の話題が妙な方向にそれたのに気がついて、いそいでもとに戻した。

「ところであなた方母子を捨てた京都のお屋敷というのは何処にあったのです」

清村はどうしたわけかそのことにこだわっていた。鉄之助が逃げようとしたので、更にそこを追及したのである。そうしなければ居られないような気持だった。

「知恩院の石段が良く見えるところにありました」

ほうと清村は云ってから、

「私の祖父の家もそこにありました」

清村の探るような目が、しばらくは鉄之助の顔にそそがれていた。鉄之助は決然とその視線をはねつけて云った。

「なにもかも遠いことだ」

鉄之助の言葉につられたように、そうですねと清村は云ったが、そのまま清村は黙りこんでしまった。

鉄之助と清村には、それぞれ、話したいことや訊きたいことが山ほどあった。だが二人共、相手の心の底を探るようなことはしなかった。五分の沈黙が一時間にも二時間にも感じられて、呼吸がつまるようだった。

清村はたまらなくなって立ち上ると、窓から下を見下した。黄葉した街路樹のカエデが、黄金色のベルトとなって何処までも続いていた。その黄金色の秋の風情が清村には耐えがたい悲しみの決算のように感じられた。こんなことはいままで無かったことである。

清村が部屋に視線を向けたときに、壁にかけてある、仮装用のライオンの面があった。

清村はそれにじっと目を止めていた。そうして眺めていると白い壁にかけたライオンの面がなにか大変高価な芸術品のように見えた。

「お気に入ったら、さし上げましょう」

鉄之助が云ったとき、二人のわだかまりは取れていた。

清村がライオンの面を手にしたとき、彼の口からごく素直な別れの言葉が出ていた。

「真直ぐ日本へお帰りですか」

と訊く鉄之助に、清村はそのルートを説明した。鉄之助とはもう二度と会うことはないだろうと思った。

「お大事にいつまでもお元気で……」

清村はごく当り前の言葉を口にした。鉄之助に確かめたいことはあったが、鉄之助は、それを云ってはくれないだろう。止むを得ないとあきらめていた。しかし、いよいよ、清村が立ち上ったとき、

「そうだ。まだあなたの子供さんのことを聞いていなかった」

と鉄之助に云われて清村は一つの確信を持った。やっぱり、という感じだった。清村は子供

のことを話し出した。二人の男の子は大学を卒業して、一人はヨーロッパの日本商社に勤め、一人は外交官、そして娘は大学の助教授と結婚している。孫は合計四人あると話した。鉄之助は頷きながら聞いていた。清村三郎が甥ならば甥の子はなんと呼べばいいのだろう。更にその子はと考えると、鉄之助はなにか笑いたくなるような楽しい気持だった。確かに自分と血を分けた者がそこにいたからであった。しかもその血の中に、かつて自分が愛した鈴木はなの血が入っていることが彼の気持を悲しくふくらめた。

さよならを云って、部屋を出て行く清村を鉄之助はエレベーターまで送って行った。鉄之助がボタンを押した。エレベーターが来て扉が開くまで清村は足もとを見詰めていた。扉が開くと同時に、清村は、半ば身体をねじりまげながら鉄之助に向って云った。

「知恩院の前に住んでいた祖父の玄斎は道楽者でした。幾人かの女を泣かせたと聞いています」

そう云い置いて清村はエレベーターに乗り込み、同時にドアーはしまった。

鉄之助は清村が、何故、最後の最後にあんなことを云ったのかをしばらくそこに立ったまま考えていた。或は、清村はこの自分の出生の秘密を知ったのではなかろうかとも思ってみた。

「たとえ、そうだとして、いまさらどうってことはないさ」

そうつぶやきながら彼が部屋へ帰ろうとすると、隣りのエレベーターから、養老院の職員の女性が、ひどくよごれた白人の老人を連れて出て来た。

「テッツさん、今度はこの人をお願いします。この人は、ほんとうにお気の毒な人よ」

ひどくよごれた白人の老人は、鉄之助の顔を見ながら、にやにやと笑っていた。どうやら少々、頭がいかれているように思われた。

「ほんとうにお気の毒なのはおれさ、ジムが死んだらロバート、ロバートがやっと出て行ったら、こんどはこいつか」

しかし、鉄之助は嫌だとは云わなかった。涎《よだれ》でも垂らしそうに、口をゆがめている老人の、腕を取ると、引きずるように、バスルームへ連れて行きながら、

「部屋へ入る前に、まず身体を洗ってやらないと、これじゃあどうにもならないからな」

鉄之助はひとりごとのように云って、目にごみでも入ったように、しきりに瞬いていた。

養老院の職員の女性が覗きこむと、鉄之助の目には涙が光っていた。

〔1980（昭和55）年「小説現代」1月号 初出〕

長崎のハナノフ

お花は遠くに人の声を聞いて眼を覚した。一人ではなく、二人、三人と走る音が続いていた。旅順口が陥落したのが明治三十八年一月一日であった。それから数日後には、旅順にいたロシア人捕虜が長崎へ送られて来るという噂が長崎中にひろがっていた。今日は一月十日である。胸騒ぎがした。

(もしや、パブロフさんが乗った船が来たのではないだろうか)

そう考えるとお花はじっとしてはおられなかった。

長崎の一月としては、ひどく寒い朝だった。彼女が身づくろいをして、外へ出ると、稲佐のお栄さんのところの若い衆が小走りに通りかかるところだった。

「おはようございます。こんなに朝早くから、なにかありましたか」

お花は若い衆に声を掛けた。

「ロシアの捕虜を乗せた船が間もなくやって来るぞ」

「何処から?」

「決っているじゃあないか、旅順からだ」

若い衆はそう云って走り去った。若い衆の吐く息が白かった。

旅順の捕虜と聞いたとき、お花は別れて以来消息が不明になったままのパブロフがその船に乗っているに違いないと思った。なんの根拠もないことだったが、彼女は自分の胸のただならぬ動悸《どうき》からそのように直観したのである。

（こうしてはおられない）

と彼女は思った。パブロフは自分の婚約者である。その彼が来るならすぐ迎えに行かねばならないだろう。彼女が家に駈けこもうとして振り返ると、そこに大野屋の主人が立っていた。

「朝から騒々しいがなにかあったのか」

彼は眠そうな目でお花に訊いた。

「ロシアの兵隊を乗せた船が間もなく、長崎の港へ入るそうです」

お花は捕虜という言葉を使わずに、ロシアの兵隊と云った。

「ロシアの兵隊が来る。旅順からか」

「お栄さんのところの若い衆がそう云っておりました」

「それがほんとうならこうしてはおられないぞ」

大野屋の主人はそう云って中へ入ると、すぐ大野屋と染め抜いた法被《はっぴ》を着て走り出て来た。その大野屋の主人の後についてお花も稲佐のお栄さんのとこへ走って行った。

長崎稲佐の旅館大野屋は、別名ロシア館と云われるほど、ロシア人と縁が深い旅館だった。大野屋に限らず、この稲佐には古くからロシア人が多数来ていた。幕末以来、冬期になるとロシアの極東海軍の軍艦が何隻か来て停泊していた。

不凍港として長崎港が利用されていたのである。軍艦ばかりでなく、ロシアの商船も来着していた。

長崎港は細長い入江がそのまま港になっていて、その東岸から山手にかけては江戸時代から、オランダ人が住み、明治後も、英国、フランス、アメリカ、イタリー、ポルトガル等の領事館があったが、なぜかロシア関係の建物だけは、諸外国とはかけ離れた西岸の稲佐に集中していた。稲佐が長崎のロシア町と云われたほど、ここはロシアとの間に長いつき合いを持っている町だった。ロシア人の教会もあるし、ロシア人墓地もあった。

お栄さんというのは、道永《みちなが》栄という既に六十歳に近い稲佐の旧家の女主人であった。彼女はロシア語をロシア人宣教師に学び、ロシア文学を原書で読むほどロシア語が堪能で、以前からロシア人との間に親交があった。彼女がロシア人と日本女性との結婚を成立させただけでも五組はあった。困っているロシア人を助けてやった話は数え切れないほどあった。長崎市当局も警察署も、お栄さんには一目置き、ロシア人の問題となると必ずこのお栄さんに相談したものであった。

ロシア人側から見ればお栄さんはロシアの名誉領事のような女《ひと》だった。ロシア人でお栄さんの名を知らぬ人はなかった。

この朝（明治三十八年一月十日）、長崎港外に御用船土佐丸を確認した、長崎要塞司令部は長崎市長その他関係者に電話連絡を取った。警察署からは早速稲佐のお栄さん宅にこのことが知らされた。

一月一日に旅順の要塞が陥落し、ステッセル将軍と乃木大将とが水師営《すいしえい》で会見したのは一月五日である。ロシア軍捕虜が近いうち、日本へ送られ、一部が長崎に上陸するだろうということは分っていたが、来着日や時刻までは確然とはしていなかった。日露戦争はまだ続いていたから秘密が保持されていたのである。

長崎市は土佐丸来るという報で大騒ぎになった。捕虜の受け入れ態勢については、以前からロシアとつながりが深い、稲佐がよいだろうから、そこに収容所を設けようという心積りはあったが、人員の配分についての具体的用意はなかった。

ロシアの捕虜が来たという報に接して、稲佐ではまず、旅館のすべてが、捕虜収容所にあてがわれることになった。遊郭も旅館にならって、いざという場合は部屋を空けることになった。寺や、人家も必要によっては収容所にされることにした。だが、このように決ったのは、だいぶ時間が経ってからのことで、早朝には、ただもう、あわて騒ぐだけで、受け入れ準備はほとんど為されてはいなかった。

長崎市の騒ぎをよそに御用船土佐丸は、一、五〇〇余名の捕虜を乗せて、午前七時四十分に長崎港に入った。

だが、一、五〇〇人の捕虜のうち、長崎へ上陸を命ぜられたものは将校二六人とその従卒二六人の合計五二人であった。長崎市当局はほっと胸をなでおろした。取り敢えずは五二人の収容所を用意すればこと足りる。

五二人の下船が完了すると、土佐丸は、他の捕虜を乗せたまま出港して大阪へ向った。

五二人の捕虜の最高官はトリチャコフ大佐であった。彼はセッター種の犬を連れて、検疫所の波止場に上陸した。赤いトルコ帽をかぶり、立派な外套《がいとう》を着た堂々たる体格をした男であった。十時に上陸が終り、検疫、荷物検査、消毒等が完了したのは午後二時である。

五二人の捕虜の一行は、要塞司令部、風間大尉の案内で、港務部の小蒸気船、紅葉と椿に分乗して長崎湾の西岸に渡り、小金橋から稲佐の悟真寺に入った。午後二時半であった。

沿道には一日、ロシア人捕虜を見ようものと、人垣が作られていたが、人々の表情はきわめて冷静だった。旅順は落ちたが、大陸では尚激しい戦いが続けられていた。しかし、目の前を通る捕虜に対して敵意をむき出しにするような者は一人もなかったし、さりとて歓迎の声を上げるような者もいなかった。捕虜たちは、兵と警官に前後を守られて黙々と悟真寺に向って行った。

悟真寺の門の前あたりまで来ると、見物人も少くなり、ロシア人捕虜たちも、やや緊張を解いた。そのときである。悟真寺の石段の下に待っていた一群の日本人の中から、走り出して叫んだ女がいた。

「パブロフさん……」

お花はロシア人将校たちの後から、荷物を担いでついて行く一人の水兵に向って突進して行った。あっという間のできごとであり、こういうことを予期していなかった警戒の兵たちも警官たちもしばらくはあっけに取られて、相擁しているロシア人と日本女性とを見守っていた。

「そういうことはあとにせんか」

風間大尉が石段の中ほどから声をかけた。お花はその一声でパブロフから離れ、パブロフはそこに置いてある荷物を担いで、将校たちの後を追った。

この時、風間大尉が口にした『そういうことはあとにせんか』の言葉は稲佐地方の流行語となってロシア人捕虜がいる間はしばしば使われていた。

悟真寺の門は中国風な構えをしており、そり返った瓦屋根に特徴があった。一団の人々が入ると門は閉され、木戸に衛兵が立った。

門の奥に見える松の大樹の枝が季節風に揺れ動いていた。

捕虜たちは、寺の奥庭に設けられた五個のテーブルを囲んで茶菓の接待を受けた。日本茶、カステラ、煙草などが出された。

トリチャコフ大佐が捕虜を代表して挨拶をした。

「捕虜の身であるわれわれが、これほどのもてなしを受けるとは夢にも思わなかった。日本は礼節の国と聞いていたが、私はいまここにそれを見ることができて嬉しい」

そう云って坐るとき、彼は鋭い視線を寺の周囲に張りめぐらしてある柵にやった。急いで作ったものと見えて、ところどころにまだ未完成の部分があった。その工事は尚続けられていた。日本側は捕虜の扱い方に慎重を期していた。ロシアとは目下戦争中であるから、捕虜に自由行動を与えることはできなかった。一応、急造の柵に板を打ちつけて外界と遮断をしたが、さてこれからどのような待遇をすべきかについては、未だに確たる方針が決ってはいなかった。

彼等が、それぞれ居間を割り当てられて、寺の中に入ったのは午後の四時半であった。冬の日は短かった。すぐそこに夜が来て待っていた。

＊

お花は五島の富江の生れである。十七歳のとき、長崎の清水屋に女中として雇われて来たのだが、身体が人並すぐれて大きいのと、目が猫の目のようだと、朋輩《ほうばい》に云われ、客の中にも、彼女を嫌う者があった。

彼女に取っては悲しい毎日だったが、家に帰ることもできず、丸二年は我慢した。更に身長は伸び眼の輝きも大人びて来た。化け猫のような目だなどと、彼女の大きな目のことを云う者もいた。彼女の目は黒目ではなく、茶褐色の目だった。彼女は毎日を居たたまれぬ気持で過していた。なぜ私はこのような大女に生れたのだろうかと嘆いていた。

〈お花さん、どう見てもあなたは日本人向きの顔でもないし身体つきでもない、いっそ、稲佐のロシア人が泊る旅館にでも行って働いたほうがいいかもしれない〉

と親切にすすめる人があった。お花もその気になって主人に話したら、運よく、清水屋と稲佐の大野屋とは遠い姻戚《いんせき》関係にあったので、話が進み、お花が、稲佐の大野屋に移ったのは、日露戦争が始る前の年のことである。

大野屋はロシア人の客が多いので、部屋の構造も洋室らしくはなっていたが、完全なホテルではなく、畳の間にベッドを持ちこんだような構造の旅館だった。ロシア人の商人や外泊を許されたロシア艦隊の水兵たちがよく泊っていた。

お花は大野屋に来てから間も無くロシア人の客の間で人気者となった。彼女が気にしていた大きな身体も猫のような目もここではいささかも卑下することはないばかりでなく、オハナサン、オハナサンとロシア人水兵たちのアイドルになった。

〈猫のような目をして図体の大きいお花さんがどうしてロシア人にあんなに騒がれるのでしょうね、だいたいロシア人は日本人の女の美しさなんて分らないのだわ、もともと感覚がにぶいのでしょうよ〉

などと、朋輩の女中たちが蔭口をたたくほどであった。もし、お花が現代に生れ出たら、近代的美人として通る女だったが、当時の日本人の審美眼から見ると、たとえ、長崎が早くから文化が開けていた土地柄であっても、やはり、お花は異形の女だったのである。しかし、そのお花も、ロシア人から見れば、なんとなく西欧的なところを持った美人に見えたのであろう。パブロフ・イワン・ワシリービッチもお花に心を奪われた一人であった。

大野屋に泊りに来るロシア人水兵たちは、ほとんど例外なしに遊郭に遊びに行った。それが彼等の唯一の楽しみであったが、パブロフだけは別行動を取っていた。

彼は衛生兵であった。特に親しい友人もなく上陸を許されると、稲佐の周辺を歩き廻り、写生して歩くという、まことに健康的な趣味を持っていた。

このパブロフがお花に惚れたのである。きっかけは彼女をモデルに絵を描いた時からである。彼はお花に長崎名物の鼈甲《べっこう》の笄《こうがい》や珊瑚《さんご》の簪《かんざし》などをプレゼントして機嫌を取ろうとしたが、彼女はそれを受取ろうとしなかった。前に一度、ロシア人水兵からけちな贈り物を貰ったとたん、たちまち手を握られ、そして抱きよせようとされたからだった。それ以後お花は水兵たちの贈り物はいっさいその場で、突き返すことにしていた。お花はすこぶる固い女として通っていた。

パブロフは自分の意中をお花に打ち明けようとしたが言葉が通じない。思い余って、稲佐のお栄さんのところに行った。お栄さんが、ロシア人と日本人娘の間に立って結婚を成立させたことがあると聞いたからであった。

〈お花さんに惚れたなら結婚を申込んだらいいでしょう。そして、お花さんにことわられたら、きっぱりあきらめるがいい。お花さんが承知したら、私が仲人をしてあげましょう〉

お栄さんは云った。

パブロフはお栄さんの言葉に力を得て、大野屋に帰ると、お花さんに云った。

〈私はお花さんが好きです。ほれました。結婚して下さい〉

お栄さんに教わった日本語をお花の前で何度となく繰り返した。それはひどく真剣に、しかもすこぶる滑稽に見えた。お花は、はじめのうちは、パブロフが冗談を云っているのだろうと思っていたが、そのうち、彼が本気で云っていることが分り、また、大野屋の主人を通じてお栄さんからパブロフの真意が知らされて来たので、それに答えねばならないことになった。それまでお花は、パブロフをロシア人水夫の一人として見ていた。せいぜい、ロシア人水夫の中の変り種ぐらいにしか思っていなかった。そのパブロフから全く思い掛けなく結婚を申込まれたのである。日本人の男からは問題にされなかった自分が、ロシア人から求められたのは悲しい現実であり、同時に目の前が明るくなったような、矛盾した気持だった。

彼女は改めてパブロフを見直した。陽気で好色なロシアの水兵たちの中にあって、パブロフ一人だけは全く違っていた。彼女をスケッチするときパブロフが彼女に向けていた目も他の水兵たちとは違っていた。しかしいますぐパブロフの胸の中にとび込んで行く気持はさらになかった。相手がロシア人であり水夫だからだった。

お花は稲佐のお栄さんを訪ねて自分の気持を卒直に話した。

〈私はパブロフが嫌いではありません。しかし結婚する意志はございません〉

彼が水兵であるから結婚しても同棲はできない。もし将来結婚するとすれば、二人の生計が立てられるような状態になってからでなければならないことなどを挙げた。

稲佐のお栄さんは、お花の云い分をパブロフに告げたが、パブロフはあきらめなかった。お花のいかなる条件も飲むから、結婚できるように取り計らってくれという熱心さであった。お栄さんは、いささかあきれ顔で、それでは二人をここに呼ぶから話し合ってみるがよいと云った。

稲佐のお栄さんの家に呼び出されたパブロフはお花の前ではっきりと云った。

〈二年後にもし私が海軍をやめて、再び長崎へやって来たら結婚してくれますか。私は長崎で

洋服屋として店を開くつもりです〉

つまりパブロフは、二年後の結婚のため、いま婚約してくれというのであった。

パブロフはそれについて具体的なことをつけ加えた。パブロフの父はハバロフスクの洋服屋であったが、彼は洋服屋を嫌って、半ば家を逃げ出すようにして水兵となった。だが、その水兵もあと二年経てば満期になり、希望すれば辞めることができる。そうなったら、長崎に来て洋服屋を開こうというのであった。

長崎にはロシア人で日本に帰化した洋服屋が既に一軒あって、なかなかの繁昌ぶりを示していた。パブロフは、今でも日本人が着ているような洋服なら、こしらえることができると云った。

〈もし二年経って、海軍を辞めることができないときはどうしますか〉

とお栄さんが訊くと、パブロフは、

〈そうなっても、私はお花さんをあきらめません。お花さんと結婚できるまで私はあらゆる努力を続けます〉

と云った。パブロフの惚れこみかたが尋常ではないことを、お栄さんの通訳で知った、お花は、

（これも縁《えにし》というものかしら）

そう思ってパブロフを見詰めたとき、お花の唇から自分でも意外なほどはっきりした言葉が発せられていた。

〈それほどパブロフさんが私のことを思っていてくださるなら、お約束しましょう〉

パブロフの押しに負けたとは思いたくなかった。やはり自分もパブロフが好きだからなのだと考えていた。

ここまで話を運んで来たのはお栄さんだったが、彼女はそのことを表には出さず、飽くまでも、二人の意志によって運ばれて来たことをまずパブロフに確かめ、そして、

〈ではお花さん、いいですね、パブロフさんが海軍を辞めて長崎へ来るまで待っていますね、そのように約束しますわね〉

と念を押した。

〈はい。お待ちします〉

とお花は云ってから、二年が、三年になり、更に四年となったらどうしましょうと考えていた。

〈ついでに二人に注意しますが、正式に結婚するまでは、身体を綺麗にして置かねばなりません〉

お栄の一言がお花にはよく分ったが、パブロフにはかなり直接的な言葉を使わないと理解できないようだった。

〈でも、接吻ぐらいは差し支えないでしょう、二人は婚約者ですから〉

お栄さんは粋《すい》をきかせるつもりか、若い二人をそのままにして、しばらく座をはずした。

お栄さんの家は長崎湾を見おろす高台にあった。障子が開け放されてあるから港がよく見えた。ロシアの艦隊が七隻停泊していた。

〈春になれば、あの軍艦はパブロフを乗せて、ウラジオストックに帰ってしまう〉

そう思うと、お花は悲しい気持になった。二年という歳月もまた長い。そういう気持でパブロフを見ると、彼もまた同じような心でお花を見る。

お花はパブロフに抱きしめられた時、呼吸が止るかと思った。男の力がこれほど強いものとは想像もしていなかった。唇を合わせたのもはじめてだった。ロシア人の男女が稲佐の公園で唇を合わせているのを見かけたことがあったが、自分がそのような立場になるとは思ってもみないことだった。息苦しく、わずらわしく、くすぐったくて、恥しかった。全身から湯気が立つような思いだった。身体がとめどなく震え続けていた。

パブロフがお花を離した瞬間、お花はなにか物足りないような気がした。もっともっと長い時間、あのままでいたかったようにも、一息ついて、再びパブロフが自分を抱擁してくれることをも併せて期待していた。だがパブロフは二度と彼女を抱擁しなかったし、接吻もしなかった。

彼は、そろそろ軍艦に帰らねばならない時間だからと云って、お栄さんの居間の方に声を掛けた。

お花はいそいで、居ずまいを直した。お栄さんが入って来たが、顔を上げられなかった。ついさっき、お栄さんに綺麗にして置きなさいと云われた身体をよごしてしまったような気さえした。

パブロフはお栄さんに礼を云うと、この次の外泊日には、真直ぐここへやって来ますと云った。

「分りました。あなたが来たらすぐお花さんを呼びにやりますから」

お栄さんはにこにこ笑っていた。

パブロフが軍艦に帰った翌日であった。稲佐に上陸していたロシア海軍の水兵たちに緊急帰艦の命令が出た。そして、その翌日には、例年ならば四月ころまで長崎港に停泊しているロシア艦隊が碇《いかり》を上げて去って行った。

〈ウラジオストックはまだ凍っている。おそらく行く先は旅順の港だろう〉

長崎の人たちはそんなことを口では云いながら、日本とロシアの間が緊張の度を加えていく新聞記事とこのロシア艦隊の引き揚げとの間になにか関係があるだろうかと考えていた。

明治三十七年一月初めのことであった。

長崎港をロシア艦隊が去ってから、一ヵ月ほど経ってから、日露戦争が始った。

二月八日には仁川沖で日本海軍とロシア海軍とが海戦をし、二月九日には日本海軍が旅順口のロシア艦隊を攻撃した。

婚約者のパブロフが敵海軍に身を置く水兵になっても、お花の心は変らなかった。変らぬどころか、日が経つに従って、パブロフのことが思い出されて、彼女の胸を熱くした。パブロフとのたった一度の力強い抱擁と接吻によってお花は完全にパブロフに魅せられてしまっていた。

お花は月に一度はお栄さんのところへ行っては、パブロフのことを訊いた。

〈戦争が終るまではどうしようもないことよ、今は、一刻も早くロシアが負けることを祈るだけね〉

お栄にそう云われると、お花はその気になった。

旅順はなかなか陥落しなかった。

〈旅順が早く陥落しないと、旅順口にいる、ロシア艦隊は全滅してしまうかもしれない〉

とお栄に云われたお花は、明治三十七年の年の暮れに、旅順陥落を祈願して、その黒髪を根本から切って、諏訪神社に捧げた。お花ばかりではなく、こうする女性は他にもあった。

〈やっぱりお花さんは日本女性だわねえ、自分の婚約者がロシア人だと云うのに、いざとなると、日本の戦勝を祈願して黒髪を切った。偉いものだわ〉

と女たちは話し合っていた。お花には、一日も早く戦争が終ってパブロフと会いたいがための祈願であったが、そこまで推察する女《ひと》はいなかったのである。

*

お花は自分が分らないほどの昂奮ぶりであった。悟真寺にいるパブロフになんとかしてやりたかった。婚約者としてじっとしているわけにはいかないと思った。

その夜、お花はパブロフに贈るべき食べ物を持って悟真寺に行ったが、警戒に当っていた兵に拒絶されると、西側に迂回して、ロシア人墓地のほうから、寺の境内に近づいて行った。

そこには急ごしらえの柵が設けられていた。地中に打ちこまれた杭に板が釘づけされた、その日になってあわてて作られた柵である。

ところどころに片手が入るほどの隙間があった。

お花が隙間から覗くと、ロシア人水兵たちが、大きな箱を開けてなにかを取出しているところだった。

お花は、パブロフさんと呼びかけたが、相手が気がつかないようだったから、思い切って、大きな声を上げた。水兵たちがお花の声に気が付き、懐中電灯で足もとを照らしながら近づいて来て、そこに立っている坊主頭のお花の顔を見て囁き合った。昼間、パブロフに抱きついて声を上げて泣いた女がそこに居たのである。

一人がパブロフのところに知らせに走り、彼が来ると、水兵たちはそこを離れた。

パブロフとお花は柵をへだてて手を握り合った。お花が持って来た、ミカンやパンなどを差し出すとパブロフはありがとうと云ってから、

「食べるものたくさんある。だいじょぶ」

と云った。パブロフは別れている間に、誰かに日本語を習ったようであった。お花は自分の気持をどうやってパブロフに伝えてやったらいいのかその方法を知らなかった。彼女はパブロフの手を握って、

「生きていてよかった。会えてよかった」

と涙を流しながら繰り返していた。

「私もお花さんに会いたかった。たくさん、たくさん会いたかった」

パブロフは云った。

パブロフは彼女に接吻を求めた。お花にはすぐそれが分って、柵の隙間から口を差し出して、ようやく触れることはできたが、それは稲佐のお栄さんのところで初めて体験した接吻とは全く違ったものであった。パブロフもお花もあせったが、柵を越えて二人が抱き合うことはできなかった。

「明日になったらまた来ます。なにか持って来るものがありませんか」

とお花が云った。

「なにもいらない。私はお花さんをこの腕でしっかり抱きしめたい」

とパブロフは云った。寒い夜であった。

お花は大野屋の女中であることも忘れたように、翌日は朝早くから悟真寺に出掛けて行って柵越しにパブロフに会った。朝も昼も夜も悟真寺へ出かけて行った。お花とパブロフのことは間も無くロシア側にも日本側にも知れわたった。

お花が悟真寺の柵越しにパブロフと会っている話は尾鰭《おひれ》がついて流布された。パブロフが柵の隙間から手を出して、お花の胸に触れていたなどというのはまだいいほうで、パブロフはズボンの前をひらいて、僅かばかりの柵の隙間からお花にせまっていたのを見たなどという噂さえ流れた。惚れ合って結婚した二人だから無理もないことだと云う者もいた。

お花とパブロフは稲佐のお栄さんが間に立って結婚したことになっていた。夫婦ならば、当然のこと、人並のことをさせてやればよいのに、なんとも気の利かない軍人どもだと、悟真寺を警備している風間大尉等を非難する者さえあった。

お栄さんはこの噂を耳にすると、早速お花に会って、

「お花さん、悟真寺の柵越しにパブロフさんと会っているのはほんとうですか」

と訊いた。お栄にしても、噂になっているようなみだらなことをやっているかどうかは確かめられなかった。

「はい。会っています。でも柵ごしでは、なにもできません、私……」

あとは云えなかった。お栄にはそれだけで、充分だった。

「では、なんとかして上げましょう」

「なんとかって?」

「パブロフさんとあなたと一緒になれるようにして上げましょう。このままだと、日本にとっても、ロシアさんにとっても、あまり恰好のよいことではありませんからねえ」

お栄は云った。お栄は、長崎中を吹きまくっているみだらな噂を封ずるには一日も早く二人を一緒にさせることだと考えたのである。

ロシアの捕虜の取扱いに関しては、細部についての指示がないままに、長崎の要塞司令部の判断によってなされていた。捕虜ではあるが罪人ではないということが原則となり、取り敢えず日本側は、ロシア人捕虜に対して、彼等が自炊することを許可した。彼等の食生活と日本の

それとがかけ離れていたからである。

ロシア人捕虜たちには、長崎に着いた翌々日の午前と午後の二回、水兵五人が必要品買出しのために外出することを許された。案内には、日本軍の中川少尉がついて行くことにした。パブロフがこの食糧買出しの人員の中に加えられた。パブロフとお花のことを聞いたトリチャコフ大佐の計らいであった。

お花はパブロフ等一行が出て来るのを待って共に買出しに行き、なにやかやと手伝った。長崎ではロシアのルーブル紙幣や金貨、銀貨が戦争前と同じように通用した。

一月十二日稲佐のお栄さんが悟真寺を警備している風間大尉を訪れた。彼女は境内に張ってある天幕の中で風間大尉としばらく対談した。風間大尉が従兵にロシア側の通訳を呼ぶように命じた。ロシア側の通訳は長崎に居たことがあるロシア人で、稲佐のお栄さんをよく知っていた。

一月十二日の午後、ロシア人捕虜五人が買出しのために悟真寺を出た。衛兵が人員を点呼した。中川少尉が引率者兼案内者として先に立っていた。悟真寺の門を出ると、すぐ、ロシア水兵の服を着た男が一人路地から走り出て一行に加わった。お花であった。短く丸めた頭にはロシア人水兵が外出のときかぶるベレー帽に似た帽子が置かれていた。もともと身体の大きいお花が男装すると、やや小柄なロシア人水兵に見えた。中川少尉は、そのお花に向って云った。

「ハナノフは最後尾につけ」

この時以来、お花はハナノフになったのである。一行は食糧を買いこみ、それぞれ、その荷を担いで悟真寺に引き揚げて来た。

衛兵が二人立っていて中川少尉に敬礼した。

「こらっ、きさまたちの敬礼はなんだ」

中川少尉は割れ鐘のような声で二人の衛兵を叱った。衛兵はびっくりして、敬礼をやり直した。

「だめだ。その敬礼ではだめだ。気をつけ、廻れ右」

中川少尉が号令をかけて、衛兵が廻れ右をしたときに、捕虜たちは悟真寺の境内に入っていた。

パブロフとお花のために、寺の物置きが取り片づけられ、そこが二人の新居となった。

お花とパブロフは周囲がそのように、ことを運んでくれたのに、今さら婚約中ですとも云えなかった。

お花にしてもパブロフにしても、この日を望んでいたのだから、周囲の暖い好意を受けた。

この夜、暗い物置きの中で、パブロフとお花の二人だけの結婚式が挙げられた。

お花はパブロフに力いっぱい抱きしめられながら、自分は世界一幸福ものだと思っていた。

翌日のロシア人捕虜の買出しには中川少尉はついてはいかなかった。もう馴れたことだし、ハナノフもいることだから、彼等の自由にまかせたのである。その一行が衛兵に呼び止められた。見馴れないロシア人の捕虜がいたからである。衛兵が、お花を呼び止めて名前を訊いた。

「ハナノフです。ハナノフ、ハナノフサンある」

とロシア人たちがお花をかばいながら身ぶり手ぶりでハナノフが口が不自由であることを示

した。衛兵は了解した。

「ロシア軍には唖《おし》の兵隊がいるのか」

衛兵はそう云って一行を通した。お花が口をきけば女だと分るから、唖だとして逃れたのである。

この衛兵たちも十五日には、警備の役を地元の警察官にゆずって引き揚げたし、十五日を期してロシア人軍人は捕虜の扱いを解かれ解放軍人として、ほとんど自由の行動を許されることになった。

十四日の午後、長崎に来着したステッセル将軍が乃木大将から荒川長崎県知事にあてられた親書を持っていたからである。この親書の中に、

《宣誓解放を受けた露国軍人は俘虜《ふりよ》に非ず、敵人に非ず、唯本国の為に忠勤したるを認むるは勿論に有之候えども、我官民に於て、之を俘虜と同一視せざる様御注意相成度——「長崎市政五十年史より」》とあった。

荒川知事を初めとして関係者がロシア人捕虜に対して一変した態度を取るようになったのは乃木大将のこの親書が来てからである。

関係官の間で、捕虜という言葉を使わず、解放ロシア軍人と呼ぶことに決められた。

ステッセル将軍を乗せた船は一月十四日の午後〇時十五分長崎に到着した。一行はステッセル将軍、参謀長レース少将、副官、従卒等の他に、ステッセル将軍の夫人、戦没将校の遺家族、

家庭教師、等であった。

荒川知事は乃木大将の親書を読むと、すぐその準備に取りかかり、検疫所内に臨時接待所を設けて、三鞭酒《さんべん》、カステラ、リンゴ等を出して一行を歓迎した後、ステッセル将軍等を稲佐の道永栄宅に案内した。お栄さんは、かねてからロシア人と親しかったし、ロシア語が話せるというので、ステッセル将軍一行の宿泊をまかされたのである。

お栄さんの家は旧家であり、家も広かったが、一行五〇名をすべて引き受けることはできなかった。お栄さんの家にはステッセル将軍夫妻の他数人が泊り、他は近所の家に分宿した。

＊

ステッセル将軍は朝早く近くを散歩する以外に姿を見せることはなかった。彼は日本がはじめてであり、日本家屋にすこぶる興味を持ち、お栄さんにあれこれと尋ねた。家ばかりでなく、日本の食べ物や習慣まで訊いた。

ステッセル将軍来着と同時に、ロシア人捕虜が解放ロシア軍人になったので、長崎市当局は、長崎市内の外国人が泊るホテルのコック三名をお栄さん宅に派遣して将軍等の食事の調理に当らせた。その将軍が日本食を要求すると、日本料亭から料理人が包丁を持って馳《は》せ参ずるというあわただしさであった。

ステッセル将軍はすべての面会を拒否した。敗軍の将、兵を語らずの俚諺《りげん》はロシアにもあったのである。

ステッセル将軍の話し相手はもっぱらお栄さんであった。彼は畳の上に絨毯《じゆうたん》を敷き、その上に椅子、テーブルを置いて部屋でお栄さんと話し合った。多くの場合、ステッセル夫人が同席した。

お栄さんが、パブロフとお花さんのことを将軍夫妻に話した。

お花さんが男装してハナノフとなって、悟真寺に入ることができるまでのいきさつをお栄さんが話すと、ステッセル将軍はにこやかに笑いを浮べ、ステッセル夫人は声を上げて笑った。

お花さんが門衛にとがめられたとき、ロシア兵がハナノフは唖だと云ってそこを無事通過したことから、一時、ロシア兵の中には唖の兵隊がいるという噂が日本人の間に流布されたことをお栄さんが話すと、ステッセル将軍は、いかにも感慨深げに、

「ロシア兵の中には唖はいません、しかし日本兵の中には怖しいばかりに強い唖の兵がいっぱいいいました」

と云った。その意味をお栄さんが聞きかえしたが将軍は語らなかった。後でお栄さんがそのことをレース参謀の副官に訊くと、

「おそらく将軍は日本軍の決死隊の夜襲のことを云っているのでしょう。夜になると、唖のように黙ってしのびより、いきなり銃剣を突きつけて襲いかかって来る日本軍の夜襲をロシア軍はもっとも恐れていました。旅順はまだまだ陥落するような状態ではありませんでした。三万

人の軍隊と、砲弾八万発、小銃弾二五〇万発、糧秣《りようまつ》は尚半ヵ年の用意がありました。それにもかかわらず、ロシア軍が日本の軍門に降ったのは、日本軍の二八サンチ砲による攻撃ではなく、ロシア軍全部が、日本軍のあの夜襲におびえて神経衰弱にかかり戦意を失ったからです」

副官はお栄さんにそう語った。

「でも新聞には、ロシアの探照灯が照らしているので夜襲はむずかしかったと書いてありました」

お栄さんが云うと、

「大部隊の夜襲は探照灯で発見されます。しかし、探照灯の盲点をくぐりぬけてやって来る小部隊はなかなか発見されませんでした。時によると五人、一〇人の分隊で夜襲を掛けて来ることさえありました。一夜に三度夜襲があったこともあります。わが軍はあの夜襲によって、精神的に敗北したのです」

お栄さんには日本軍の夜襲がどんなものかよく分らなかったが、副官が怖しいものだと語っている表情から察して、これは日露戦争の裏話として信じてもよいだろうと思った。

「そのハナノフという女《ひと》に会ってみたい」

とステッセル夫人がお栄さんに云ったのはいよいよ、ステッセル将軍等の一行が、欧州航路経由で帰国と決った前日であった。

お栄さんは悟真寺に使いをやった。

お花ことハナノフはトリチャコフ大佐から貰った背広を着てステッセル夫人の前に現われた。

「とても日本人とは思われないわ、立派なロシア人だわ」

とステッセル夫人は云った。その言葉をお栄さんが通訳すると、お花は悲しそうな顔をした。彼女はその言葉を日本人らしくないと宣託されたように受取ったからであった。

ステッセル夫人はお花に香水の瓶を与えた。それはフランス製の高級品だった。

「頭髪が伸びたら、婦人服を着なさい、きっとよく似合いますわ」

ステッセル夫人が、お花に贈った最後のことばであった。

ステッセル将軍等の長崎滞在はたったの四日間であった。

一行は一月十八日の夜、長崎の港をフランス汽船オーストラリアン号に乗船してマルセイユに向って去って行った。ステッセル将軍はロシアの皇太后陛下から一日も早く帰国せよという令旨の電報をフランス領事館を通じて受取ったからであった。

ステッセル将軍が去った後にも、続々とロシア人が送られて来た。多くは大阪方面へ輸送されて行ったが、長崎にも合計千人ほどの解放ロシア軍人が滞在することになった。

解放ロシア軍人には、ほとんど外国人旅行者なみの自由が与えられた。制限が加えられたのは、稲佐地区以外へ出てはならないということだけであった。

解放ロシア軍人は稲佐地区の旅館や民家に分宿した。捕虜ではないから、宿泊代を取った。当時の記録によると、宿料は将官四円、佐官参円、尉官弐円五拾銭、兵卒五拾銭、と決められていた。

当時長崎の湯銭が一銭五厘だった。兵卒五拾銭はいいにしても将校にはなぜこれほど高い宿泊料を請求したのか分らない。おそらくは、将校のために特別な洋室と特別な洋食を出したものと思われる。

とにかく、稲佐方面は解放ロシア軍人とともに思いがけないほどの多額なルーブルが舞いこんで来たのである。

将校たちの中には、コックを雇って、洋食を作らせていた者もあったが、兵たちの多くはグループを作って、炊事班が食事をこしらえていた。中には日本人旅館が出す食事で満足している者もあった。

大野屋のようにロシア人の扱いになれていた旅館は三食とも用意してやっていた。他の旅館も大野屋を見習うようになった。

稲佐に前からあったロシア人相手の遊郭有田屋は解放ロシア軍人の客をさばき切れずに、他所へ応援を求めたほどであった。

悟真寺の柵は取り払われたが、ここには、トリチャコフ大佐等の主なる将校がいたので、解放ロシア軍人の本部と見なされ、日本側は特にここを重要視して、地元警察署が警備に当っていた。

悟真寺の台所は改造されてコックが入ったし、下働きの男たちも入ったので、お花は炊事場に居る必要はなくなった。しかし彼女はトリチャコフ大佐等ロシア人将校の男装のメイドとして引き続き働いていた。

パブロフとの愛の巣は依然として、悟真寺の物置きであった。

ハナノフは一日中悟真寺で働き、夜になると、風呂を借りに大野屋へ行ったが、その時には必ずパブロフが従いて行った。

「近頃はロシア人が多くなって、女の一人歩きは物騒だからな」

とパブロフが朋輩に語ったことが、また笑い話として伝えられた。はじめての人で男装しているお花を女だと見る者はまずいなかった。

トリチャコフ大佐が或る日お花に、ステッセル夫人のすすめもあったのだからロシアの女らしい服装をしたらどうかと云った。日露戦争が始ると同時にロシア人は長崎から引き揚げてしまったが、ロシア人から洋裁を習得した日本人は何人かいたし、洋服を作ることができる、ロシア人以外のヨーロッパ婦人が洋装店を開いていた。

「いいえ、私は男装のハナノフのままでいます。私が女の洋服を身につけるのは、ロシアとの戦争が完全に終って、パブロフさんがこの長崎へ再びやって来る時です。それまでは、この服装でおります。その方が便利ですから」

お花は飽くまでも男装のハナノフで通そうとしていた。

お花のいうとおり、女装したお花よりも男装したハナノフの方が、この悟真寺には似合うように思われた。トリチャコフ大佐は乃木将軍の恩情によって解放ロシア軍人としての待遇を受けてはいても、実際は捕虜であることをよくわきまえていた。捕虜の本部に女の姿がちらつくのはかんばしいことではなかった。ひょっとすると、お花はそこまで考えて、男装を続けているのかもしれない。

トリチャコフ大佐は二度と彼女に女装をすすめなかった。

＊

解放ロシア軍人が多くなると、いろいろの事件が起った。ロシア人同士のトラブルはトリチャコフ大佐が裁いたが、ロシア人と日本人間に起きた問題は、日本の警察署長とトリチャコフ大佐との間で協議して決めねばならなかった。解放ロシア軍人が酔っぱらって乱暴を働いたような事件が多かった。

彼等は給料を貰っていたし、長崎に滞在中は宿泊費に当てるための特別手当も貰っていた。旅順の要塞にこもって、日本軍と戦っている間、外出を禁止されていた彼等は給料は、使えずに持っていた。その彼等が旅順陥落と共に長崎へ送られ、ここで自由を得たのだから、破目をはずすのは当然のことだった。

トリチャコフ大佐が最も心配していたのは、こういう状態に置かれている彼等の健康状態であった。区々に別れて分宿しており、総合的に健康管理ができなかったので、週に一度は学校を借りて、ロシア人軍医による彼等の健康診断がなされた。

二月になって間も無くであった。長崎に到着したばかりの解放ロシア軍人の中から腸チブス患者が一度に一六名も発生した。トリチャコフ大佐が心配していたことが起ったのである。トリチャコフ大佐は日本側と相談して、チブス患者を隔離病舎に移してロシア人軍医と衛生兵によって治療看護に当ることになった。

旅順を出航する時、既に保菌者がいて、長崎につくと同時に発病したものと思われた。日本側も厳重な警戒態勢を取った。パブロフは衛生兵だったから、隔離病舎で手伝うように命令を受けた。嫌な役目だったが仕方がなく、悟真寺を出て行った。パブロフが悟真寺を出ると同時に、お花も物置きのスイートホームから出て、大野屋に移り、ここから悟真寺へ通勤することになった。それまでのお花は大野屋からの出張メイドの形式が取られていた。トリチャコフ大佐から大野屋へお花の手当は支払われていた。

パブロフは一週間に一度、非番の日に大野屋へやって来てはお花の三畳間で泊っていった。チブス患者は一六名が二〇名に増えたところで喰いとめられた。二〇名のうち五名が死んだ。

「無理な仕事の連続だよ、休む暇もない」

消毒液のにおいと共にやって来たパブロフがお花に云った。彼はひどく衰弱していた。勤務が如何《いか》につらいものか、その表情に現われていた。

千人の兵員に対しては、少くとも二〇名の衛生兵は配属されていてもよい筈だったが、長崎へ来ているロシア兵は大隊編成で来たのではなく、五〇名、一二〇名、八〇名といった具合にやって来た兵たちで、彼等の多くは旅順で残務整理をやっていた兵や特殊部隊の兵たちだった。云わば寄り合いの軍隊であったから、全体で軍医が一名、衛生兵は三名しかいなかった。三名の衛生兵で二〇人のチブス患者を看護するのは容易なことではなかった。日本側が援助を申出たが、頑固者のロシア人軍医はこれをことわって、悟真寺の本部に応援を求めて、五名のロシア兵を臨時の衛生兵に仕立てて看護に当てた。ロシア人軍医は飽くまでも自分たちの力でこの難関を乗り越えようとしたのである。

「そんなにたいへんな仕事なの」

お花はパブロフと生活して一ヵ月ほどしか経っていなかったが、おおよそのロシア語は話せたし、パブロフの身振りや顔つきで、彼がいまたいへん困難な立場にいることを知った。

「ずぶの素人の衛生兵は全く役には立たない、足手まといになるだけだ」

パブロフが云った。応援に来た五人の兵たちは臨時衛生兵となったことを嫌い、軍医の前では調子よくふるまっていたが、実際にはほとんど手伝おうとはしなかった。三人の衛生兵にとっては五人が来たがためにかえって仕事が増えたようなものであった。

「二晩も徹夜が続いた。こんな勤務を続けていたら、こっちがチブスになってしまうかもしれない」

パブロフは疲労しきっているらしく、お花を抱く腕にも力がなかった。

そのパブロフがチブスになったとトリチャコフ大佐から知らせを受けたのはそれから一週間後であった。

「私をパブロフの看病に当らせて下さい。お願いします」

お花はその場で云った。それは妻として当然過ぎることだとお花は思っていた。トリチャコフ大佐は副官と相談し、軍医の意見も聞いた上で、大野屋の主人と渡りをつけ、彼女を臨時看護婦として隔離病舎に勤務することを許した。

お花は病院に来ても男装の上に白衣を着たハナノフであった。軍医も衛生兵たちも彼女をハナノフと呼んでいた。

ハナノフの看護婦としての生活が始った。彼女は夫のパブロフだけではなく、患者全体に親切であった。衛生兵や臨時衛生兵が、いやがるような仕事も彼女は進んでやった。それまで湿り勝ちだった隔離病舎に光がさしこんだようであった。ハナノフが来てから、病室に梅の花が飾られたり、蘭の鉢が持ちこまれたりした。

チブス患者はハナノフが来てからは一人も死なながったし、新しい患者も出なかった。パブロフの病状も危険からは脱して安定した。

「ハナノフさん、あなたのおかげですよ」

と軍医が云ったほど彼女の存在は病舎を明るいものにした。

二月の終りころになって、解放ロシア軍人がフランス汽船に乗って帰国することになった。

フランスの大型汽船が長崎港に停泊した翌日にそのことが解放ロシア軍人たちに知らされた。隔離病舎の人たちはそれをうらやましげに聞いていた。

帰国を明日にひかえて解放ロシア軍人たちは土産物を盛んに買いこんだ。これを当てこんで、長崎中の土産物売屋が稲佐へ押し出した。

悟真寺から淵神社附近までは、道に面した人家の軒下を畳一枚の広さにつき三円で借り受けて、店が出された。

莫蓙《ござ》や、赤ケットウの上に、金銀の細工物、鼈甲製品、珊瑚製品などの高級品から、一個五銭、十銭の竹製品までぎっしりと並べ立てられた。ルーブル紙幣や金貨、銀貨等が代金として支払われた。

解放ロシア軍人の中には着ていた外套を売って、金に替え、これで土産物を買う者もいた。古着屋が五軒も出張した。

千人余の解放ロシア軍人は翌朝ロシア人墓地の前に集合させられた。千人が一度には入れないから代表が墓地に入り、他は墓地の外に整列した。

ロシア人墓地には、日露戦争が開始されて間も無く蔚山《うるさん》沖の海戦で上村艦隊に撃沈されたリューリック号の戦死者三人が埋葬されていた。

彼等は墓参が終った足で長崎港に向い、喜々としてフランス汽船に乗込んで行った。一万数千人のロシア人捕虜が、まだ日本の処々にいるのに、長崎の捕虜だけがなぜこんなに早く送り返されることになったのだろうか。それはきっとステッセル将軍がこの地に来て、ここからフランスのマルセイユへ向ったことに関係があるのであろうと、長崎の人たちは噂し合っていた。日露戦争は終末に近づいていた。日本軍は奉天において、露軍を包囲する態勢に入りつつあった。解放ロシア軍人が去った後の稲佐は急に静かになった。残ったのは、隔離病舎にいる、チブス患者と軍医と衛生兵たちだけだった。

例外が一人いた。レベドフという一等兵であった。彼は有田屋の娼妓おこまと深い仲になったために、長崎に一人で残り、後日、おこまを身請けして、終世長崎で暮した。

解放ロシア軍人たちが帰国したころ、お花が発病した。看護婦としての激務で疲労していた彼女の身体を病魔が襲ったのであろう。

パブロフは快方に向ってはいたが、まだ彼女を看病できるほどの身体ではなかった。しかしパブロフはお花の看病に当った。

隔離病舎の中の女性の患者は彼女ひとりであった。他に看護婦はいないから、夫のパブロフが看てやるのは当然のことだった。

パブロフは他の衛生兵が手をかそうとするのを頑なにことわった。

「そんなことをしていれば、せっかくよくなったお前も死んでしまうぞ」

と軍医が云ったが、パブロフは承知しなかった。妻の身体を他人に触れさせたくなかった。

「ハナノフは私の妻です。妻のために、生命を捨てるのは惜しくはありません」

パブロフのその反撃に会うと軍医は二度と口を出さなかった。

お花の容態はよくなかった。高熱が連続し、うわごとの中にパブロフの名を連呼した。軍医は彼女の病状の経過を見て、首をひねった。お花はついに病に負けた。彼女は息を引取るとき、目を開きパブロフを認め、彼の手を握ったまま死んだ。

お花の死を境として、隔離病舎の患者たちは一様に快方に向った。

桜が散る頃には全員が退院できるようになっていた。

帰国が遅れていた彼等を、露艦ポカチール号が迎えに来たのは明治三十八年の十月二十九日であった。既に日露の間には平和が恢復《かいふく》していた。軍艦葛城が二一発の礼砲を放ってポカチール号を迎えた。

パブロフ等は長崎を去るに当って、悟真寺の隣りにあるロシア人墓地に参拝した。ここにはお花がハナノフとして埋葬されていた。

パブロフはお花の遺品の中にあった、ステッセル将軍夫人から贈られた香水の瓶を取り出し、それをお花の墓の上にかけてやった。強烈な香水のにおいがロシア人墓地を覆った。香水を墓碑にそそぎ終ると、パブロフは、お花の墓の前にうずくまった。

パブロフの嗚咽《おえつ》の声がしばらく続いた。

「おれはロシアに帰ってから、必ず長崎へ戻って来て洋服屋を開く。お前との約束はきっと守るからな」

パブロフはお花の墓に向って繰り返し話しかけていた。

パブロフ等は露艦ポカチール号には乗船せず、翌日赤十字旗を立てて来港した露国汽船ペッチー号に乗船してウラジオストックに向った。

〔1980（昭和55）年「オール讀物」新春特大号 初出〕

恋の鳥

銀座の一隅に風変りなバーがあった。洋酒の瓶が飾り立てられ、スタンドがありバーテンがいて、客席には何人かのホステスがいるというようなありふれた形式のバーではなかった。バーであるから洋酒はあったが、それはウイスキーの小瓶と決められていた。売り物は歌であった。客が席につくとボーイがウイスキーの小瓶を持って来て客の前で水割りを作り、一枚の白いカードと共に置いて去る。客席にはどこを見てもホステスは居ないのである。まことに色気がないバーのように見えるがさにあらず。ここにはうら若き女性が二十人ほどもいる。但し彼女等はホステスではなく歌手であった。

バーの三分の一はステージとピアノの置場になっている。十人ほどの歌手がステージに並んで歌を歌う。客はウイスキーを飲みながら(或は酒には見向きもせず)、じっと歌に聞き入る。客席はおよそ五十ばかり、補助椅子を出すと六十人は坐れる。咽喉自慢の客がマイクの前に立ちたがるが、これは絶対に許されない。歌手はすべてプロである。プロの中にアマチュアを入れると全体の品が落ちるからである。

歌曲は古い歌曲から現在の流行歌にいたるまで豊富に取りそろえられていて、スケジュール通りに進行すれば、大体一時間ほどで一通り終るようになっていたが、この間に、客のリクエスト曲が入るから、実際は一時間半後に、再び最初の曲にもどるようになっていた。

ボーイがテーブルの上に置いて行く白いカードはリクエストの歌曲の題目を書きこむためのものである。

二十人の歌手は十人ずつ一組になって二十分毎に交替する。着ている制服が違うから、歌手が交替するときは、ステージに咲いた桜が突然バラに替ったようにはなやかであった。

風変りなバーであるから、客も銀座のバーを飲み歩く常連とはいささか違っていた。このバーに来るのは、酒が目的でも女が目的でもなかった。歌が好きだから来るのである。もっとも客の中には、このコーラスバー「岸辺」の歌手にかなり熱烈なファン意識を持っている者もいた。しかし、そういう男にしても、その歌手がマイクに向ったとき、

「よう、光《みつ》ちゃん」

と一声掛けるくらいのものであった。

光ちゃんとは「岸辺」が開店して以来八年間歌い続けている二十五歳の人気歌手であった。美人というよりもいささか古い表現を用いると大和撫子《なでしこ》型の日本女性だった。歌には張りがあり抜群の歌唱力があった。なにかもの憂げに俯向きながら、ステージの中央のマイクの前に立つ彼女だけれど、ひとたび歌い出すと、眼が輝き出し、顔が紅潮する。そして一曲終って、次の歌手に席を譲ってバックコーラスの一人になると、淋しげに顔を曇らせ、遠慮勝ちな眼をピアノを弾いている先生の方に投げるのである。先生は二人いた。共に五十歳を越えたばかりの音楽家であった。彼等は肥った方の先生を大先生と呼び瘠せた方の先生を単に先生と呼んで区別していた。大先生はやさしい目をしていたが、先生のほうは鋭い目付をしていた。

先生たちも、しばしば交替した。彼女たちにとっては大先生より先生の方が怖かった。それ

は「岸辺」が開かれる前の三時間の練習時間において怖い存在であるということだけではなかった。ステージの中央に立って歌っている時は勿論、バックコーラスに入った時でさえもいささかの瑕瑾《かきん》も許さない先生の叱責の鞭《むち》の視線を感ずると、彼女達は文句なしに縮み上るのである。

〈音楽は遊びではない〉

先生がよくいう言葉であった。この怖い先生以上に怖い人がここにはいた。経営者兼支配人の鶴見女史であった。

客の中には鶴見女史のことを稀《まれ》にはママさんと呼ぶ者もあった。そんなとき彼女は知らんふりをしていた。ここはそんじょそこらのバーとは違いますと、口にこそ出さないが、顔に書いてあった。三十を過ぎたばかりのたいへんな美人であった。その女史がごく一部の客に美人を鼻にかけている冷い女と云われるようになった原因の一つは、彼女が客のすべてに「チェックイン」の要求をするからだった。彼女は「岸辺」の入口(受付)に頑張っていて、客が現われると、ホテルのフロントで差出すような紙片にペンを添えて、

〈どうぞこれに氏名と住所をお書き下さい〉

と必ず云うのである。常連であっても、この「チェックイン」が完了しないと奥へ入れて貰えないのである。中には怒る客もあったが、常連ともなれば、この「チェックイン」も「岸辺」らしいやり方として別に嫌な顔もせず来る度ごとにサインしていた。

この「チェックイン」をたった一人だけ拒否した客があった。これをこばんだのにもかかわ

らず、中に入れて貰えたのは、後にも先にもこの老人一人だけであった。八年前、「岸辺」が開かれて間も無い頃現われた白髪の老人は鶴見女史にサインを要求されると、そのペンを取って、nonとサインした。

〈いたずらをなされては困ります、ちゃんと住所、氏名をお書きになって下さい〉

と彼女が意気込むと、老人と同行して来た中年の男が、私が書きましょうと、住所氏名を書き、他一名と書いた。普通の場合は同行者であっても必ずサインさせられるのだが、彼女は、ノンと書いただけで動こうとしないその老人の威厳に満ちた鋭い眼差しと毅然とした態度に圧倒されて、いつもの彼女らしくもなく一つだけの例外を許したのである。老人はその後も一人でここを訪れるようになったが、「チェックイン」はノンで通る特別な客になった。

「岸辺」ではこの老人のことをノンちゃんと呼んだ。老人にちゃんはいささかへんだが、つやつやと輝く健康そうな色艶をした顔の中に童顔をしのばせるものがないではなかった。むしろ、ステージを熱心に見詰め、一曲が終るごとに、全力で拍手をおしまない、その無邪気さが、ちゃんと云われるにふさわしいのかもしれない。

光子はこの老人が始めて「岸辺」に現われた時のことをはっきりと覚えていた。ボーイに案内されて席についた彼はステージで歌っている光子を見ると、瞬間、坐りかけた腰を浮かして彼女に見入った。彼はなにか云った。その声は聞えなかったが、彼の口の動きから、

（おう、光子……）

と、思いがけないところで思いがけない人に会ったときに発するあの叫びのように思われたのである。その老人の驚きは光子にもほとんど同じぐらいの力で作用した。

（あら、おじいちゃん……）

と彼女は心の中の叫びを上げた。既に亡くなった祖父にあまりにも似ていたからであった。

彼女の祖父は海軍少将だった。終戦後、死ぬまでずっと同じ家に起居を共にしていたおじいちゃんは、彼女が十歳の時に死んだ。言葉数の少ない、きびしい顔付をしていながら光子にはきわめてやさしい祖父であった。祖母を終戦と同時に失った祖父の晩年は二階の彼の部屋に入って、なにか書いているか、そうでないときは光子の遊び相手になっていた。彼女が幼稚園へ行く前のころ、祖父は光子を膝に抱いて、軍歌を教えた。それは「勇敢なる水兵」であり、「軍艦マーチ」であり、そして「軍神広瀬中佐」であった。

〈おじいさま、光子に軍歌は教えないで下さい。来年は光子も幼稚園ですから〉

光子の母に云われたとき祖父は、

〈日本は戦争に負けた。だからと云って軍歌を歌ってはならないということはないだろう〉

と反駁《はんばく》したことを光子はよく覚えていた。光子の記憶の中でもっとも古いものの一つであった。結局祖父は母に負けた。それ以後二度と光子のいる前で軍歌を口にすることはなかった。

彼女には母と祖父との云い争いの原因についての正否は問題ではなかった。結局、母に云い負かされて、二階の部屋へ姿を隠した祖父が気の毒だった。ママのバカと、その時光子は目に涙をためながら云ったことを覚えていた。

ノンちゃんという老人が光子の祖父に似ていることは事実だったが、特にあそこがここがとはっきりと指定できるようなところはなかった。強いて云えば、輝くような白い髪とぴんと張った八の字の白い髭《ひげ》であった。だが、それらを剃《そ》り落とした場合を想像しても尚且《か》つ風貌は祖父に似ていた。似ていると思いこむと、ノンちゃんの立居振舞のすべてが祖父の思い出につながるのである。

ノンちゃんは最初二、三度は中年の男の人と来たが、それからは一人で来るようになった。月に一度か二度、多いときには続けて三日も来ることがあった。

光子宛てに贈り主のない花束が贈られるようになったのは、ノンちゃんが「岸辺」に現われたころだった。

花屋から楽屋にそれが届けられたとき、光子は、真先にノンちゃんを思い浮べた。

そのころ既に光子には熱心なファンが何人かいた。そのうちの誰だろうかと、漠然とした想像を巡らす前に、光子は贈り主をノンちゃんだと思ったのである。理由はなかった。ただそのように感じただけだった。しかし、光子の想像は見事にはずされた。二年ほど経って、突然ノンちゃんが現われなくなっても、花束は月に一度はきちん、きちんと届けられていた。

光子に花束を贈る人は誰だろうか。それが「岸辺」に働く人たちの共通な話題となったのは、開店して四年後であった。光子は二十一歳になっていた。

〈あの海軍さんよ〉

と云ったのは鶴見女史であった。「海軍さん」と云われる客は、五十歳をとうに過ぎていた。戦争中学徒動員で海軍にいたことのある彼は、海軍に関係ある軍歌が歌われる時は、終始直立不動の姿勢を取って、聴き入るという一風変ったことをする客であった。光子の熱心なファンであった。

〈なぜ海軍さんなの〉

と訊く歌手に鶴見女史は、

〈光ちゃんには日本帝国海軍の血が流れているでしょう。海軍さんは、それを本能的に感ずるのよ、光ちゃんが「同期の桜」を歌っているとき、あの「海軍さん」の真剣な目と云ったらないわ〉

〈分るわ、でもなぜ匿名で花束を贈るのかしら〉

それにはさすがの鶴見女史も答えられなかった。

光子に花束の贈り主は、「ほろよい重役」だと云い出したのは、「岸辺」に開店以来ずっと精勤しているボーイの進藤であった。「ほろよい重役」と呼ばれている客は、その名のとおり、ほろよい気嫌で現われ、光子がステージに立つと、「よう、光ちゃん」と歌舞伎で耳にするような調子の高い声を掛けた。進藤が「ほろよい重役」だろうと推察した根拠は、「ほろよい重役」が近所の花屋から出て来たのを見たからであった。

丁度その日の夕刻その店から例の花束が届けられた。

〈あの方は大きな会社の重役さんでしょう。重役さん自身が花屋なんかに行くかしら〉

と反発する歌手に対して、

〈男は幾つになっても、シャイな面があるのだ。毎月匿名で光ちゃんに花束を捧げているなんて噂がでたら困るだろう。だから人には頼めないのだ……〉

進藤の発言には説得力があった。一時は花束の贈り主は「ほろよい重役」だということに決定した感があった。なあんだ「ほろよい重役」の気まぐれプレゼントかと、半ば嘲笑にも似た目の中で、光子だけは、それを信じてはいなかった。

熱烈なファンには一つの形があった。酒も飲まずに、じっと歌を傾聴していて、一時間半過ぎて一通りの歌が終ると残ったウイスキーの小瓶を袋に入れて差出す鶴見女史の前でぺこりと一つ頭を下げて帰って行くような人達がほんとうのファンであった。

「ほろよい重役」はそのようなファンではなく、ほろよいの勢いをかりて現われるファンの一人でしかなかった。そして、事実上、この酒場はこの種類のファンで持っているとも云えた。彼は光子に対しては拍手をおしまなかったが、歌を聴く態度はだらしがなかった。時には眠りこんでしまうことさえあった。

(「ほろよい重役」では絶対ないわ)

と彼女はその噂を否定した直後に、ここ二年間ほど姿を現わさないノンちゃんを思い出すのである。彼女には、ノンちゃんである筈がないそのプレゼントが、どこか遠くにいる彼から送られて来るように思われてならなかった。

「ほろよい重役」が花束の贈り主ではないらしいことがしばらく経ってから証明された。「ほろよい重役」が花屋から花束を抱えて出て、近くのバーに入って行くのを見た者があったのである。

〈あの重役さんは酔払うと、花束を抱えこんで、バーに行く癖があるのではないかな〉

だとすると、進藤が目撃したときの重役は、たまたまふらりと花屋に立寄ったが花は買わずに出て来たところだったということかもしれない。

「ほろよい重役」説が消えると、しばらく、花の贈り主の詮索をする者はなくなった。

更に二年経った。光子は二十三歳になった。匿名の花束の贈り物は相変らず続いていた。

そのころからまた、光子への花束の贈り主についての詮索が始った。二十人の歌手のうち「岸辺」の創立以来ここにいるのは光子と秀子の二人だけになっていた。新しく入って来た歌手が真先に目をつけるのが光子宛ての贈り主不明の花束であった。

花束は、秀子や、最近入ったばかりで、たちまち人気をさらったかに見える、双生児《ふたご》の姉妹歌手にも、しばしば贈られていた。しかし、その花束にはそれぞれファンの名があった。

〈匿名で何年間もずっと花束を贈る人なんて、ちょっと想像できないわ、それらしい人にいちいち当ってみたらどうかしら、案外すらりと白状するかもしれないわ〉

そのころ入ったばかりの若い歌手が話しているのを小耳に挟んで鶴見女史は、大きな目を倍にもしてたしなめた。

〈ばかなことを云うものではありません。それこそお客様の気持をぶちこわしてしまうようなものよ。そのお方が光ちゃんへの贈り物の御本人だったら、知らないと云うにきまっているし、そうでないお客様は、花束のプレゼントを要求されているのだなと受取るでしょう〉

花屋で訊いて見たら分るかもしれないという説が出たが、その花屋に自ら出掛けて行って調べようとする者はなかった。

光子はこの花束のことがいままでになく気になり出した。或は、なにかの理由で、この花束の贈り主は、花屋を通して贈り主の身元を探し求めて行く光子を持っているのではないかとふと思ったからであった。

「岸辺」に花束を届けて来る花屋はいつも決っていた。彼女は彼女宛ての花束が贈られた翌日、その花屋を訪れた。

〈ああ、あなたでしたか、まいど有難うございます〉

と主人は前置きして、この花束は、いままで本人がこの店へ来たことは一度もなく、全部、チェーン店を通じて注文があったものだと説明した。新鮮度が要求される花束は、特別なものでないかぎり送り先に最も近い店から配達されるのが理想的である。その要求に答えるためにできたのが、チェーン店を通じての配達機構であった。

〈例えば、きのうの場合は上野の花屋で注文を受けて、私のところから配達いたしました〉

主人は伝票を見ながら云った。

〈すみませんが、その上野の花屋さんに電話をかけて、あの花を注文した方はどんな人だったか調べていただけないでしょうか〉

その光子の頼みに主人はしばらく考えてから、上野の花屋の電話番号だけを教えてくれた。贈り主が匿名にしてくれというのに、客の意志にそむいたことをするのは悪いと思ったからであった。

光子は公衆電話のボックスから上野の花屋に電話を掛けた。

〈三十歳ぐらいの男の方でした。サラリーマン風の方でした。顔に特徴というようなものはありません、どちらかというと丸顔の人でした〉

〈三十歳ぐらいで丸顔の男?〉

彼女は「岸辺」に来る彼女のファンの中からそれらしい人を探そうとしたが発見できなかった。その次の月にもまた花束のプレゼントがあった。今度は渋谷の花屋で受付けたものだった。贈り主は四十歳ぐらいの女性だった。

〈ご婦人だったのですか、間違いなく〉

光子は、あまりの意外さに反問した。「岸辺」には女客はほとんど見えない。クリスマスイブに「ほろよい重役」が会社の若い女性たちを三、四人連れて来たことがあったくらいのものである。

〈ご婦人です。メモを見ながら注文したからはっきりと覚えています〉

花屋の店員は自信あり気に云った。

〈本人ではなく、人に頼んで注文しているのだわ。しかも、贈り主が分らないように、わざと花屋を変えている〉

光子は、目を閉じた。その陰の人はいったい誰であろうか。ノンちゃんの姿が浮んだ。「岸辺」とは迂遠《うえん》になっているあの白髪の老人の姿が大きく浮び上って来たのである。

〈光ちゃんに毎月花束を贈って来る人は「月給日のお客さん」の一人よ、きっとあの人だわ〉

と「岸辺」が十一時丁度に終って、それから十分後に地下鉄に乗ったとき、光子の耳もとで秀子が囁いた。

「月給日のお客さん」というのは、ふところが温くなったころ必ずやって来る若いサラリーマンの何人かのことであり、きっとあの人だわと秀子が目を付けているのは、「月給日のお客さん」のうちでもっとも古いファンの一人であった。年齢は三十を三つ四つ越えていた。

〈そうかしら〉

光子は自信のない返事をした。

〈そうよ、あの男だわ。あなたを見ているときの眼は普通ではないわ。花束は心に秘めた恋のプレゼントよ〉

秀子はそう云い残して電車を降りて行った。恋なら、花束を贈るよりは手紙を寄こすなり、電話で誘い出すなり、いくらでも方法はあった。光子はいままでその種の誘いや手紙を何回となく経験していた。秀子が云ったように、心に秘めた恋をプレゼントに変えるなどということが今の世の中に通用するなどとはとても考えられなかった。だが、光子は、秀子に云われて以来、その男を心に留めた。

「チェックイン」のカードによって、彼の名前と住所は分った。

光子が金沢俊夫に新宿で会ったのは全くの偶然だった。

二人はなんとなく、並んで歩きながら話し、なんとなく喫茶店に入った。

〈私のところに毎月決ったように無記名で花束を贈って来て下さる方があるのよ〉

話のついでに光子はそれを口にした。それまでにもう、贈り主はこの男ではないことが分りかけていたからだった。そわそわとして落ち着きのないこの男が、こっそり花束を贈るなどという才覚など持ち合わせる筈はないと思った。

〈そうですか、ぼくももう少し会社が月給をはずんでくれたら、年に一度ぐらい光ちゃんに花束を贈ることができるのになあ〉

彼は溜め息をついた。

光子は、彼と席を共にしているのがなんとなく億劫になった。ファンは有難い存在だったが、ファンとの間には深い溝があった。その溝を挟んで、光ちゃんと声を掛けられ、それに笑顔で応えられるだけの心の余裕が出て来た今になっても、その溝は決して踏み越えてはならないのだと思った。

（おそらく私の結婚の対象となる男は、「岸辺」に来るファン以外の男の中から選ばれることになるだろう）

光子はそのように考えていた。

その日は「岸辺」の開店記念日であった。「岸辺」は八歳になり、光子は二十五歳の春を迎えた。

「岸辺」は一年に一度のこの開店記念日を中に挾んだ一週間は、歌手たちに、いつもの制服とは違った衣裳を着せてステージに立たせることになっていた。その日彼女たちは祭と染め抜いた法被に鉢巻き姿でステージに立った。この開店記念日に歌われる歌曲も、多くは思い出の歌曲を中心として編成され、その中に、過去八年間のそれぞれの年のヒット曲を織りこんであった。

七時ころから客席は満員となった。補助椅子が通路に並び、それでも坐れない人は壁を背にして立ったまま、彼女等の歌を聴いていた。

双生児姉妹が、紙張りの御輿《みこし》を肩に担いで客席の通路を廻って歩くことになっていたが、そうすることさえできないほど混雑していたから、ステージの隅の方で御輿を上下させて見せるだけで、ようやくお茶を濁《にご》す始末だった。

ノンちゃんが受付に入って来たのは、その混雑の最中であった。

「おや、しばらくね、先生」

と鶴見女史は声を掛けた。先生とは一般的敬称であり、咄嗟に出た言葉だった。ノンちゃんはいくらか髭のあたりに微笑を湛《たた》えながら、「チェックイン」にノンとサインした。

鶴見女史はそれを見て笑った。相変らずだなと思った。

「おひさしぶりね、外国にでも行っていらっしゃったのかしら」

と彼女は訊いた。そんなことを客に訊くようなことはめったにないことだったが、彼女にとっては「チェックイン」をノンだけで通しているこの老人に特別な好意を持っていたから、ついそのような言葉が出たのであった。客扱いに馴れた彼女には、髭の手入れの具合や七十歳をとうに越えていると思われる彼にしては派手過るほど派手なチェックの背広に、一見して外国製品だと分るようなネクタイを結んだノンちゃんを、しばらく外国にいた人と見たのである。

「ああ、もう何年ぐらいになるかね」

「そう、お見えにならなくなって、数年になるかしら」

鶴見女史は、進藤を呼んで、なんとか一つ席をノンちゃんのために取るように云いつけた。

老人の席が取れたのは、ステージの中央前の通路であった。目と鼻の先にマイクロフォンを持った光子が歌っていた。

老人がボーイに案内されて、人と人との間を擦り抜けるようにして、ようやく、その席にたどりついたとき、丁度光子が一曲歌い終ったところであった。

老人はなんのためらいも見せずに、光子に握手を求めた。光子も久方ぶりで現われたノンちゃんに驚きながらも、さし出された老人の手をなんのわだかまりもなく握った。暖い、やわらかい手であった。その感触は、幼いころ亡くなった祖父の手とよく似ていた。

拍手が起った。人気歌手の光ちゃんと神々しいほど輝かしい白髪の老人との曰くありげな握手に対する共鳴でもあり、祝福でもあるかの如き拍手であった。

それからノンちゃんはしばしば「岸辺」を訪れるようになった。一人のときもあったが中年の男が同行することがあった。その男はノンちゃんのことを先生と呼んでいた。

ノンちゃんは、席に坐ると、リクエストの紙に「恋の鳥」の三字を書きこんだ。ボーイはそれを持って行って、ピアノに向っている先生に示す。先生はちらっと横目でそれを見てゆっくりと首を横にふる。するとボーイはノンちゃんのところに帰って来て、

「まことに申しわけございません。あの曲はまだ準備しておりません。そのうち練習させて置きます」

と答えるのである。ノンちゃんは大きく頷いた。ノンちゃんがずっと前、ここに来たときには、一度もリクエストしたことはなかったのに、六年ぶりに現われた彼が「恋の鳥」をリクエストしたのはたいへんな変りようであった。

光子は、ノンちゃんが来るたびにリクエストするのが、きまって「恋の鳥」であるのを知る

と、早速どんな歌だかを調べて見た。それは大正七年に流行した、北原白秋作詞、中山晋平作曲の、

捕えて見ればその手から
小鳥は空へ飛んで行く

と、いう歌詞が四行並び、全体で四小節になっている歌であった。

客のリクエストはいろいろだった。リクエスト用紙に、一般に知られていないような歌曲をわざと書きこむ者があるかと思うと、知られ切っているが、ここではとても取り上げられないような、凡俗な曲を書きこむ人もいた。来る度に「荒城の月」をリクエストして、その曲が終ると満足して帰る客もあれば、軍歌を三つも四つもリクエスト用紙に併記する軍歌ファンもいた。

歌手たちは毎日、開店前三時間、練習をする。その際、古い歌や新しい曲が次々と練習テーマとして取り上げられるが、それも多くの人からリクエストがあった場合で、「恋の鳥」のように、一人の特定の客のリクエスト曲が取り上げられる可能性は少い。

「ノンちゃんは前と変ったわね」

と秀子が帰りの地下鉄の中で光子に囁いた。

「どんなふうに変ったの」

という光子の質問に秀子は、第一にさ、と一本指を折って、

「六年前は前の席が好きではなかったのに、最近は、一時間ぐらい待っていても、前の席に坐

も、何回ことわられても、光ちゃんを見詰めること、そして、以前より熱烈な目で光ちゃんを見詰めること。そして、『恋の鳥』をリクエストすること」

まだあるわと秀子は云ったが、それが思いつかないらしく、考えこんでしまった。

「光ちゃんと声を掛けるようになったこと」

光子が云った。

「そう、そう。老いらくの恋ってのかしら、あれが……」

秀子はそう云って笑った。

光子にもノンちゃんが以前とはちがって、より積極的なファンになりつつあることが感じ取れていた。

(もし、そうだとしたら、あの花束の内容自体も変ってもいいのだが)

光子は、今も尚、匿名花束の主はノンちゃんではないかと思っている。

ノンちゃんが誰かに(或は時々同行する中年の男に)依頼して、あの花束をずっと贈り続けていたと仮定したとして、その贈り主のノンちゃんが、鶴見女史の云うように遠い国から久しぶりに日本に帰ったというならば、彼自身、「岸辺」において、前とは変った存在になったのだから、当然花束にもそれらしい影響が現れるべきだと思っていた。しかし花束に限ってなんの変化もなかった。花束は、四季を代表する花が多く、おそらくは値段を先に決めて、内容は花屋に選ばせたもののように思われた。

（やっぱりノンちゃんではないのかしら）

ノンちゃんであって欲しいという願望が既に固定しかけた光子にとっては、ノンちゃんの再出現は期待はずれであった。

ノンちゃんが現われてから二月ほど経ったころ、光子は花束に関する楽屋での噂話を耳にした。光ちゃんという声が半開きになっているドアーの奥から聞えたので、はっとして足を止めた。

「光ちゃんあてのあの匿名花束の贈り主は、鶴見女史だそうよ。光ちゃんはなんと云っても、ここのエースでしょう、逃げられては困るから、足止め策の一つとして考え出したドリーム作戦なんですって」

「なによ、ドリーム作戦て」

「光ちゃんは夢に弱いの。女ってみな夢に弱いわ。私だって、月に一度ずつ、匿名花束が送られたら、その夢に酔うわ、酔って動けなくなる」

なんてことを、と光子は思った。彼女は楽屋には入らず一旦外に出てからしばらく間を置いて入って行った。噂をしていたのは、まだここに入って二年たらずの歌手だった。そう云われてみると、そのように考えられないことはなかった。光子が「岸辺」で人気歌手になってからは、何回となく、芸能プロダクションから誘いがかかって来た。具体的な条件をつけて来るのもあった。その誘いに光子が乗らなかったのは、やはり、ここが住み心地がよかったからであった。大先生も先生も歌手たちもいい人たちばかりだった。ファンの質が上等だということもあったが、終局的には鶴見女史の傍にいることがもっとも安心だったからであった。芸能界の裏話などしばしば聞いている彼女にとって、危険な方向転換よりも、歌の勉強をしながら、好きな歌が歌える安全なアルバイトの口の方を選んだのである。

(でも、あの鶴見女史が、匿名の花束を毎月、私だけに贈るなどということをするかしら、八年間も……)

そうは考えられなかった。もしそうだとしたら、光子と同じころからずっとここにいる、もう一人の人気歌手の秀子にも同じように花束を贈る筈だった。鶴見女史は、そのような不公平をする女ではなかった。

(やはり違う)

と彼女は思った。しかし、では誰がいったい、あの花束を、ということになると、いよいよ分らなくなってしまうのである。

＊

ノンちゃんが「岸辺」に現われるようになって三ヵ月経った。

そのころ光子の家が改造されることになった。一昨年死んだ父が母と光子のために残して行った土地を半分売ったその金で、そこに三階建のマンションが建てられることになった。母と光子は、その間しばらくアパートの一室に移り住むことになった。祖父が戦後になって書いた回想録が発見されたのは、引越しにかかっている最中だった。

　それは二十冊ほどの大学ノートに書き込まれていた。幼いころ光子が祖父の部屋に行ったとき彼は多くの場合このノートに向ってペンを走らせていた。それは太平洋戦争の半ばまで書いたところで終っていた。祖父はその回想録を最後まで書き切れずに死んだのである。

　なつかしい祖父だった。父よりも祖父のほうに可愛がられて育った光子は祖父の回想録を読み出した。

《学校から帰って見ると弟はいなかった。生れて一ヵ月も経たない弟の姿がないのだ。十歳の時だった。何故か両親は生れてすぐ養子にやった弟のことには触れたがらなかった。なんの事情でそうなったかも話さなかった。その後、折にふれて、弟のことを両親に訊いたが、居どころさえも教えてはくれなかった。弟は養家に生れた子として入籍したから、こちらの籍にはその名前すら残ってはいなかった。弟は生れると同時に赤の他人となったのである》

「お祖父さんには弟があったのね、そんな話お祖父さんがしたことあるの？」

　と光子は母に訊いた。

「そんなことお父さんに話しているのを耳にしたことはあるわ、生きているのか死んでいるのかも分らないと云っていたわ」

「そうなの――」

　光子は祖父の回想録を閉じた。祖父とよく似た、ノンちゃんの顔が浮んだ。

「そのひと外国へ行ったって、お祖父さん話していなかったかしら？」

「さあ、どうかしら、おじいさんはどちらかというと無口でしたからね」

「すると、お祖父さんの血筋を引くのは、私と、お祖父さんの弟さんの血筋を引く人ということになるのね」

「なにもお祖父さんまでさかのぼらないでもお父さんの血筋を引くのは、お前と、父方の叔父さんの血筋を引く者ということになるようね」

母は笑った。

それから十日ほど経った暑い日のことだった。光子は家を出るとき祖父の回想録の最後の一冊をショルダーバッグの中に入れた。電車の中で読むつもりだった。電車の中で本を読むことはあったが、祖父の遺品の回想録を電車の中まで持ちこむなどということは非常識にも思われた。にもかかわらず彼女はそうしたかった。それまで読み続けていた祖父の回想録の最後の一冊を急いで読んでしまいたいという気持がそのようなことをさせたのであった。

彼女は電車に乗ると、すぐそれを開いた。大学ノートはかなり部厚い。彼女は、ぱらぱらと頁《ページ》を繰った。拾い読みをするつもりではなかったが、そんなことをして見たかった。ほこりのにおいと、祖父のにおいがした。祖父の弟についての記事が目に触れたのはその時であった。

《弟は生きているらしい。それも日本ではなく外国に住んでいるらしい》

この記事を書いたのは祖父が死ぬ直前のことであった。祖父は脳内出血で倒れ、病院に収容され、その翌日死んだのであった。

光子はその部分を繰り返して読んだ。祖父の弟が、ノンちゃんではなかろうかという想像が胸の動悸となって彼女を衝き上げた。なにかじっとしては居られない気持だった。祖父の回想録を電車の中まで持ちこんだのも、やはり、祖父の弟についての消息を知りたかったからだと思った。彼女は、ノートを閉じてバッグにしまった。目を閉じて、ありし日の祖父と、ノンちゃんの姿を心の中で比較していると、心臓の動悸も静まって行くようであった。

その日は異常に暑い日であった。梅雨が上ったばかりだというのに、午前中に三十度を超えていた。彼女は電車から地下鉄に乗りかえ、銀座で下車したときに、ふと、この祖父のノートのことをあのノンちゃんに話してみようかと思った。

(ばかな、全く知らない人に、そんな失礼なことが……)

彼女はすぐその考えを訂正した。

「暑いね、光ちゃん」

と声をかけられて、はっとわれにかえると、いつ来たのか、大先生が彼女と並んで歩いていた。大先生は上衣を抱えこんでいた。

「あのねえ、光ちゃん、八年間も続けられた光ちゃん宛てのあの匿名花束の贈り主のことだがね、あれはやっぱりノンちゃんだと思うよ」

と大先生が云った。いきなり大先生からノンちゃんのことを云われても光子は驚かなかった。

彼女自身ノンちゃんのことを考えていたからだった。それにしても大先生がやっぱりと云ったのは、前からそう思っていたということでもあった。

「なぜ、そうお考えになるの」

「あの人があなたを見る目はね、ファンがあなたの歌に感動して向ける目ではない。あの目はおじいちゃんが、可愛い孫を見る目だよ。そしてあの拍手は孫の頭を撫でるやさしいおじいちゃんの手なんだ。つまり、ノンちゃんはあなたを孫娘として眺めている。きっと彼には、あなたとそっくりな娘さんか孫娘がいたのだろう。そう考えると、匿名の花束の謎も解ける」

大先生はポケットからハンカチを取り出して、額の汗をふいた。

「あの目がおじいちゃんの目……」

光子はそう云われて、はっとした。そう云えばその通りだと思った。ファンの目には感動の中に、多くの要求が隠されていた。もっと歌えという要求や、ここにお前のファンがいることを忘れるなという自意識を露骨に現わしたものや、ごくまれには、拍手してやっているのだ、有難く思えというような目もあった。ノンちゃんの目にはそのようなものはなにもなかった。彼女全体をやさしく包みかくす、亡き祖父のあの目であった。

「どうして、その謎が解けたの」

と光子は大先生に訊いた。心もち声が震えていた。

「簡単さ、うちには五人の孫がいる。孫を持つ身にならないと、そういうことは分らないのだ」

大先生は「岸辺」の前で立止るとまた汗をふいた。

きっかり午後四時から始まる練習に先だって、新しく組み入れる歌曲について説明があった。二曲が新しく入った。リクエストが多い曲だから、そうすることになったのである。きまれば練習は、その日から始まることになっていた。既に楽譜は用意されていて歌手全員に配られた。

「『恋の鳥』は入れていただけないかしら」

光子が云った。ひとりごとのように云ったつもりなのが、たまたま、まわりが静かだったので、みんなに聞こえた。

「ノンちゃんが来るたびにリクエストする曲だろう。あれはいい、甘くて一本調了だが、大正時代らしい夢のある曲だ。歌ってみるかね、光ちゃん」

と先生が云った。光子は拍子ぬけがした。今まで何度か云ってみようかと思っていたが、先生の怖い目でじろりと睨まれたら、なにも云えないだろうと思って、云いそびれていた。ところが、その先生が真先に、賛意を示してくれたのだ。

(おかしな日だわ、今日は。暑いせいかしら)

彼女はそんなことを考えた。「岸辺」の中は冷房が利いているから暑いことはなかったが、彼女には外の暑さが、自分にも「岸辺」の人たちにも影響して、思いもかけないようなことが次々と起って来るような気がした。なにか不安だった。

六時ごろから、熱心なファンが練習風景を見に現われた。普通は、六人か七人で、そのまま、七時から始まる本番まで居続けるのだが、この日は二十人近い若者たちが後部座席を占領した。こんなこともめったにないことだった。光子はそれも暑さのせいにした。

「今日はノンちゃんがきっと来るわ」

楽屋で制服に着換えしているとき秀子が光子に云った。

「なぜ来ると思うの」

「勘よ、私の勘ってよく当るのだから」

秀子は鏡に向って唇を突き出すようにして見せながら云った。ノンちゃんという一人の客が来ても来なくても、「岸辺」にも秀子にも影響はないのだが、秀子が彼のことを話題にするのは、光子の頭の中がノンちゃんで一杯だということをよく知っているからだと思った。光子はそれを友情として有難く受取っていた。

「ほんとうに来たらいいのにね、でも『恋の鳥』は今日は間に合わないわ」

一つの歌曲がステージで歌われるようになるのは最低三日間練習しなければならなかった。それは順調に行ったときのことで、難しい曲になると、十日も二十日も汗をしぼられることがある。大先生と先生が話し合って、これでいいというまでは、彼女たちは、いくらその歌を歌いたくともステージでは歌えないのである。プロの世界は厳しかった。

「でも、ボーイさんがノンちゃんに『恋の鳥』は目下練習中でございますということはできるでしょう」

秀子が云った。

その夜は、いつになく混んでいた。補助椅子がそろそろ持ち出されるようになっていた。

光子はマイクに向って、「白い花の咲くころ」を歌っていた。八時を過ぎたばかりだった。

ノンちゃんが来るとすれば丁度いまごろだがと心の中で彼の来るのを期待していた。

彼女は救急車のサイレンの音を聞いた。二節目を歌って三節目に入るその合間に耳にしたのであった。防音装置が完全だから外の騒音、雑音は入って来ないのだが、通路に設けられている三つの扉が、なにかの偶然で、同時に開かれた場合、瞬間的に外の雑音をピックアップすることがあった。

(救急車だわ)

彼女はそれが気になった。歌っていながらなにか気になり出すと、それはすぐ歌に影響する。彼女は珍しく歌詞を間違えた。そんなことはめったにないことだった。一年に一度あるか、二年に一度あるか、その程度の事故が起きたのである。彼女は俯向きながら、バックコーラスの列に加わり、強いて姿勢を正そうとした。胸を張って、前の座席に目をやると、ノンちゃんが坐っていた。なんだ来ていたのか。そう思って見直すと、そこには人は坐ってはいなかった。いままで坐っていた人が立ったばかりのあとが空席になっていた。

光子の背筋を冷いものが走った。

(ノンちゃんになにかが)

考えるとじっとしてはおられなかった。

ノンちゃんが「岸辺」の前で倒れて、救急車で病院に運ばれたということを彼女が耳にしたのは、十一時を過ぎてからだった。

その夜、光子はノンちゃんが死んだのではないかという心配で眠れなかった。その夜に限って光子にはノンちゃんが父の叔父即ち大叔父でなければならないような気がするのである。それはもはや疑うことのできない事実のように思われるのである。

一睡もせず彼女は夜を明かした。それまでに彼女はノンちゃんが入院している病院へ見舞に行こうと心に決めていた。救急車の線をたどればそれはわけのないことのように思われた。そうしなければ気持がおさまらなかった。光子はそのことを母には話さなかった。なにもかもひとりでしたかった。

鶴見女史から電話があったのは、彼女が受話器に手を掛けた瞬間だった。

「光ちゃん、すぐ事務室の方へ来て下さらない」

鶴見女史は声を押えて云った。

「なんなの、なにがあったの」

「くわしいことは会ってからお話しするわ、兎に角来てよ」

「大叔父さんが亡くなったの?」

「えっ! どうしてそれをあなたが」

鶴見女史の驚いている声を聞きながら、光子は涙ぐんでいた。

鶴見女史の銀座の事務室には、ノンちゃんと連れ立って、時々「岸辺」に現われたことのある中年の男がいた。彼は画商であった。

「ノンちゃんはあなたのお父さんの叔父さんに当る方で、長いことパリーに住んでいらした芳谷画伯だったのよ」

鶴見女史がまず結論を云ってから画商の山田が話し出した。

芳谷磐男は東京で生れた。彼が芳谷家の実子ではなく貰い子であり、生家には一人の兄がいるということを知ったのは両親が死んでからであった。そのころ彼は画を勉強していた。勉学中に恋をしてその相手と結婚した。貧乏であったが幸福だった。娘が生れた。だがその娘は十七歳で死に、妻もその後を追ってこの世を去った。芳谷が日本を捨てて海を越えたのはその翌年だった。

彼の絵は戦後になってパリーの画壇で認められるようになった。外国で名が出ると、当然のことながら日本でも注目されるようになった。八年前、久々に帰国した彼は、実の兄を探し始めた。名前も分らないし住んでいたところも分らなかった。手掛りは養父母の親戚と知人を一人ずつ尋ね歩いて聞き出すことであった。その多くは死んでいた。彼が画商の山田と共に「岸辺」に来て、彼の亡くなった娘と非常によく似た光子を発見したのはその時であった。

〈あまりよく似ていたから思わず亡くなった娘の名を口に出したよ、娘がもし生きていたら、おそらくあのくらいの年ごろの孫があるだろう。……そう、おれは日本に来て孫娘に会ったのだ。そんな実感だよ〉

その夜芳谷はホテルまで送って来た山田に語った。彼が匿名で花束を光子に贈るようになったのはこの時からである。

芳谷は日本に二年間滞在した後、実兄探しと、匿名の花束を光子に贈るように山田に頼んで再びパリーに帰って行った。山田は芳谷と手紙や電話で連絡しながらその後もずっと芳谷の実兄を探し続けた。そして今年の春、ようやく探し当てたのであった。

「それがもう十五年も前に亡くなっている光子さんのお祖父さんでした。私はパリーに電話を掛けました。実兄も実の甥も亡くなったけれど、光子さんが同じ血につながるたった一人の身内だと知ったときの芳谷先生の喜びようはたいへんなものでした」

山田は、その時芳谷画伯は昂奮のあまり、言葉が出なくなったと補足した。芳谷画伯が身辺の整理を始めたのは、その日からであった。自分の血を引くたった一人の女、光子がいる日本で余世を送りたいと考えたのである。

「そうでしたの。ではなぜそのことを今年の春、いらっしゃったときに光ちゃんにお話ししてくださらなかったのです」

と鶴見女史が云った。

「私もそうするようにおすすめしました。だが先生は身辺整理がついてから、大叔父であることを伝えたいと云っておられました。そうそう、おじいちゃんが孫に会うにはお土産が必要だからと云って笑っておられました」

「お土産？」

鶴見女史が首を傾《かし》げて訊いた。

「先生がパリーに残して来た絵だけでも数億円にはなるでしょう。それに家もあり、別荘もあります。芳谷先生はパリーに渡ってから、二人の子供がある女と正式に結婚しました。フランス国籍も取りました。現在その女とは別居していますが、戸籍上は夫婦ということになっています。身辺整理とは彼女との離婚を成立させることです。ところが、その女は先生の足もとを見て、絶対に離婚には応じないと云い出したのです。しかし、双方に弁護士がついて話し合いになり、どうやら話がつきそうになったという電話が入ったのがきのうです。それなのに……」

山田は鼻をつまらせた。

芳谷画伯は山田と一緒に銀座に来てタクシーを降り、「岸辺」に向って十数歩、足を運んだとき、突然倒れたのである。自動車を降りて、急に蒸し暑い空気の中に立ったので眩暈《めまい》でも起したような感じだった。救急車で病院に運ばれるまでに芳谷画伯はこと切れていた。死因は脳内出血であった。

三人はしばらく黙っていた。

「それで、芳谷先生のパリーの遺産はどうなるのでしょうか」

鶴見女史は、彼の描いた絵の一枚でもいいから光子にやりたいと思っていた。

「どうにもならないでしょう。先生には、戸籍上、妻も子もあることですから、フランスの法律によっておそらくは、すべてその女のものになるでしょうね」

山田は云った。

「いまとなったら、悲しい思い出になってしまったけれど、なぜ芳谷先生は匿名で光ちゃんに花束を贈ったのでしょうか」

彼女はそれだけはどうしても訊いて置きたいのですとつけ加えた。

「私もそのことを先生にお伺いしたことがあります。すると先生は、おじいちゃんが眠っている孫の枕元におもちゃの一つも置いてやりたい気持だと云っていました。孫が目を覚しておもちゃを持って喜ぶ姿を見ればそれでいい。その光景を想像しただけでもいい。それはおじいちゃんのプレゼントだよ、とわざわざ孫に知らせるおじいちゃんはおそらく居ないだろうって云われました。先生はロマンチックな面を豊富に持っておられました。『恋の鳥』も先生の初恋の人、つまり先生の最初の奥さんが好んで歌った歌なんだそうです」

そこまで話してから山田は、黙って聞いている光子に訊いた。

「鶴見さんの話によると、あなたは芳谷先生が亡くなったことを知っておられたそうですね。

誰からお聞きになったのですか」

光子は彼の質問にすぐには答えなかった。彼女は悲しみをこらえにこらえた目を山田に向けて云った。

「孫が目を覚して、枕もとに置いてあったおもちゃを発見したときは、たとえ、おじいちゃんが黙っていても、それこそおじいちゃんの贈り物に間違いないことに気がつくでしょう。匿名の花束がノンちゃんからの贈り物だということは孫の私には本能的に分りかけて来ていました。だからきのう救急車が……」

あとは涙で云えなかった。

数日後に「岸辺」で「恋の鳥」が光子によって歌われた。一節まではちゃんと歌った。だが二節から声が乱れた。しかし彼女は最後まで泣きながら歌い通した。コーラスの歌手の多くがやはり泣いていた。ピアノを弾いている先生もその傍に立っている大先生も目を曇らせていた。鶴見女史は、入口に立ったまま、顔を覆っていた。その夜も「岸辺」は満員だった。客は、彼女等がなぜ泣くのか分らなかったが、その悲しみを超えた旋律にほろりとする者が多かった。盛大な拍手がハンカチを目に当てて、楽屋へ退去して行く光子の後を追った。

〔1977（昭和52）年「小説新潮」11月号 初出〕

銀座のかまいたち

猿田涼造の一歩前を胸を張って歩いていた谷口が突然立止ったが、猿田も、谷口の右側を歩いていた徳島も、どうしたとも声を掛けずに、二十歩ほど行き過ぎてから、どっちから先ともなく振返って見ると、谷口は歩道の真ん中でびっくりしたような顔をして突立っていた。びっくりしたような顔でいるのに、眼は、彼の左隣の、春の婦人衣裳の窓を見ているのでも、そこに立っている超ミニスカートの女の足を眺めているのでもなかった。谷口は、彼の内部に起ったなにものかにびっくりして、そのことについてあれこれ考えこんでいる顔であったが、徳島と猿田が引き返そうとする気配を感ずると、それまで、オーバーのポケットに突込んでいた手を出して、かがみこむと、いきなり右足のズボンをふくらはぎのあたりまでまくり上げたのである。

「どうしました谷口さん」

猿田は声を上げた。自他共にスタイリストを以て任じている谷口が、ところもあろうに、銀座の真ん中で、しかも、人通りの多い夕刻どきに、ズボンをまくって、素足を見せたのだから、ただごとではない。

「痛いんだ。針の千本ほどいきなり刺されたように痛いのだ」

針の千本ほどなどというあたりも、いかにもスタイリストらしい云い方だが、覗きこんで見ると、ソックスのすこし上の右脛の内側に、天保銭に形も大きさもそっくりの紫の痣《あざ》ができていた。ただの痣ではなく、その部分全体が、浮き上ったような形の痣である。

谷口はこの寒いのにズボン下を穿いていなかった。スタイリストのことだから、当然のことだし、ズボン下を穿く穿かないが、その突然にできた痣となにか関係があるのだろうかと、男にしてはのっぺりしすぎている谷口の脛を見ているうちに猿田は、そのズボン下のあるなしが、痣のできたことに大いに関係があることに気がついて、

「それは、かまいたちだ」

と、懐かしい者にでも出会ったような、はずんだ声を上げたのである。

「えっ、いたちですか、どれどこに」

徳島は猿田の声にそそのかされてほんとうにいたちがいたと思ったらしく、あたりをきょろきょろと見廻した。その動作が真に迫っているので、谷口は、彼の奇禍《きか》に対して猿田が冗談を云い、それに徳島が心を合わせたのだと思ったらしく、

「なにっ！　かまいたち……どういう意味なんだそれは」

と、ズボンの裾をひき千切るようにおろして、姿勢を整えると、猿田に対してあらためて憎悪の視線を向けたのである。

猿田は困ったような顔をした。そこをどうつくろったところで、かえっておかしくなるだけだから、

「ひどく痛みますか、歩けないほど痛むんですか」

と、谷口の幾分青ざめた顔色を見ながら、おそるおそる云った。谷口は、猿田のいたわりの

言葉に反発するように、なにくそっという顔で二、三歩歩いて、

「おっそろしく痛いが、歩けないことはない」

と云った。

「しかし、そのままでは、よくないな、徳島さん、近くの薬局で、なるべくでっかい膏薬《こうやく》を買って来て下さいませんか」

猿田がいうと、谷口は、むっとした顔で、

「膏薬を張るんですか、みっともない」

と抗議の眼を猿田に向ける。

「じゃあほうって置きますか、どっちみち、かまいたちは同じ人間に二度と咬《か》みつくことはないのですから」

猿田は、そろそろ暗くなりかけた銀座の並木通りを、膏薬を探しに駆けていく徳島のうしろ姿を見ながら云った。

「だから、さっきから、かまいたちってなんだ、と、聞いているのだ」

谷口はいくらかびっこを引きながら歩き出した。

「今日のように風の強い日に起る現象ですよ、あなたの、その足の皮膚の近くに瞬間的に真空が出来て、その真空部分に向って、あなたの足から血が吹き出そうとしたが、皮膚が破れるまでには至らずに済んだということです」

前日あたりから寒波が襲って来て、東京ではその年の最低気温を示していたし、この日は、寒冷前線の通過で、強風注意報が出ていた。

「つまり、原因は風か」

谷口は半信半疑の眼であたりを見廻した。

乾いた風はかなり強く、そして乱れていた。猿田は、谷口に風が地物に当って乱れると、その中に、眼に見えないような小渦巻が無数にできて、その中心に真空部ができる。それがあたの足に咬みついたのだと説明すると、谷口は、なにもおれの足に咬みつかなくても、もっとカッコいい足がいくらでもあるじゃあないかと、その辺を歩いている女の子の足に眼をやった。

「足はあるが、彼女等は薄いながらもストッキングを穿いています。だがあなたは、なんにも穿いていないから、かまいたちは、ズボンの裾からもぐりこんで咬みつくことができたのです」

三人がレストランで食事を始めてからも谷口がかまいたちに咬まれたということが共通の話題になった。徳島が買って来たでっかい膏薬を患部に張りつけると、谷口は、たいへんいい気持だといった。そして、少々アルコールが入って来ると、谷口の得意なフランス文学の話になり、突然またさっきの話に戻って、

「かまいたちなんてそんなおかしな現象は実際あるのかな、もしあるとすれば、それと同意語が外国にもある筈だし文学の上にも出て来てもいい筈だ」

谷口は君はどう思うかと意見を徳島に求める。

「ぼくの知っているかぎりではそれに類する言葉は外国にはありません。だが、ぼくはそのかまいたちということばをどこかで確かに聞いたことがありますし、猿田さんの説明を聞くと納得いかないことはない」

言葉はさておいて、現象的にはありそうだなと谷口は、そのころから、ようやく、かまいたちの存在を認め出したようだった。

「谷口さん、あなたなにかしてはいけないことをしたでしょう。かまいたちはそういう人に咬みつくものです。だが咬みつかれたあとにはいいことがきっとある」

と猿田がその実例について話し出すと、谷口は、なにか思い当ることでもあるらしく、いちいちうなずいて聞いていたが、あとにいいことがあると聞いたとたんに、ほんとうかねと、その宵での初めての微笑を見せた。

谷口がバー・グレイプスに来てすっかり御機嫌になったのは、彼の体内でアルコールが、かなり旺盛に燃え出したことと、綺麗な女の前ではいかなることがあろうとも、紳士としての品位を保とうとする谷口の前で、彼がひとことかまいたちの話をしたら、トヨミが、あらそのかまいたちに私もやられたのよといって、彼女の膝を見せたときからである。長さ、七、八センチほどの眉のような疵跡がトヨミの膝小僧の下にあった。

「どれどれ見せてくれ」

と谷口は、その疵跡をたしかめるように、頭を低くしたが、視線はちょっぴり見当をはずしてその疵跡よりずうっと奥の方の暗いところを覗こうとしていた。

「早春の風のつよい日だったわ、ヨモギを摘《つ》みに行ったとき……」

ヨモギを摘もうとして彼女がしゃがみこんで、なにかにそこがちょっと触れたときに、突然、皮膚が破れたのである。傷がひどかった割に出血も痛みも少なかった。彼女が小学校六年生のときのことである。

「お墓でおしっこをしたから、ばちが当ったのだろうってお婆さんに云われたわ」

「やらかしたのか、お墓で……」

「いやねえ谷口さん、お婆さんにそのように疑われたのよ、悪いことをしなければ、かまいたちに咬まれる筈はない、よく反省してごらんなさいってね」

「そうだ。反省してみるんですね、谷口さんも」

と猿田が口を出すと、谷口は、大きな眼をくるっと廻して、彼の隣の徳島に、おいいまの話は面白いじゃあないかと、焦点をそらそうとしたが、徳島は、そんな話には一切興味がないらしく、彼の隣に坐った女の子と小さい声で囁き合っていた。

「暦をまたぐと、かまいたちに咬みつかれるんですって」

ヤスエがいった。

「きみも、かまいたちにやられたのか」

と谷口が乗り出すと、

「高校生のころ、自転車からおりようとしたとき左足のこのあたり」

と彼女は着物の上から、膝のちょっと下をおさえて見せたけれど、まくって見せろといいたいのを、云えずにいる谷口の目つきを嗤《わら》うように、たまたまそこを通り合せたマダムをつかまえて、

「ねえ、ママ、谷口さんがかまいたちに狙われたんだって」

「あら、そう、谷口さんのような紳士に咬みつくかまいたちが、うちにいたかしら」

バー・グレイプスのマダムはさらりと受け流して奥へ行った。

猿田はたいへん愉快になった。

諸姉諸嬢《ホステス》を、たちまちかまいたちにしてしまったマダムの気転のよさを讃めてやろうと思って隣に眼をやると、いまそこで谷口と軽快なやりとりをしていたトヨミがいない。ぐっと首を伸ばして探すと、いつの間にか一つ置いて隣の席に坐っていた。

猿田は、そのとき、まったく突然に、ほんもののいたちのことを思い出したのである。ほんものといっても、そのとき彼の頭に浮んだいたちは、海抜千五百メートル以上にしか住まない、やまいたち、俗名おこじょという山の愛嬌者のことである。去年の秋、北アルプスの横尾の本谷をひとりで歩いていたとき、彼はそのおこじょに久しぶりに会った。本谷の橋を渡ってすぐのところで、眼の前の石の上にちょこんと坐って猿田を待っていた。こっちがじっとしている

間はおこじょは動かない。いかにも話しかけたいような可愛い目付をしているので、おいと声を掛けると、おこじょはたちまち姿をくらまし、消えたなと思った瞬間には、隣の石の上にちょんと坐ってこっちを見ているのである。そういうことを繰り返しているとその一匹のおこじょが、三匹にも四匹にも見えて、なんだか、こっちがからかわれているような気になった。

「どうしたの、急に考えこんで」

そう云われたから気がついて見ると、キヨが、猿田の傍に坐っていた。

「いたちのことを考えていたんだ」

「わたしのことでしょう、わたしの顔がいたちに似ているっていいたいんでしょう」

「歯を出してごらん」

歯がどうしたのよとおちょぼ口を開けて見せたキヨの歯はよく揃って綺麗だが、イタチの歯のように鋭くはない。もっとも、いたちが歯を見せるということは、よくよくのことで、猿田自身の記憶には、たった一度しかないことだった。

猿田が中学生のころ、彼の家では十羽ほどの雞《にわとり》を飼っていた。この雞が二羽つづけていたちに襲われた。猿田の家から数軒下に猟師がいて、そこにクロというたいへん利口な犬がいて、いたちを取るのが上手だというので、借りて来てしばらく雞の番をさせることにした。利口な犬だから、その犬が常用している、どんぶり鉢も借りて来て雞舎の近くに置いて、それに餌を入れてやると、それでどうやら、任務を了解したようであった。

クロが来て何日か経ったころクロの吠える声で猿田が外へ出て見ると、桑畑の中をクロがいたちを追いかけていた。いたちは桑畑のどんづまりの石垣に逃げこんだ。しかし、それっきりだった。猿田がかけつけると、クロは涙を流して、すまなそうに頭を垂れていた。涙を流したのではなく、潤んだクロの眼が涙を流したように見えたのである。なぜそうなったのかは、すぐ分った。石垣に近よった猿田は、窒息しそうに、くさいいたちのガスを嗅いだ。どうにもこうにも我慢できないほどのものだった。そのとき猿田が、口を押えて、ひょいと石垣の奥を見たら、いたちが白い歯をむき出していた。歯を出して威嚇しているいたちの顔が、なぜか笑っている顔に見えた。

猿田は帰る途中で小川に入って、うがいをやった。クロも猿田の真似をしたのか、さかんに水を飲んでいた。そのクロを見ているうちに、いたちの最後屁にやられてすごすご退却する、クロと自分のことがばかばかしいほど滑稽に見えて来て思わず笑い出したのである。

「思い出し笑いなんていやね」

とキヨが云った。

「かまいたちの話のつづきはどうなったのかな」

「かまいたちの話なら、そこでやっているでしょう」

谷口のほうを見ると、彼はあらたにそこに現われた数人の諸姉諸嬢《ホステス》を相手に、今宵、この店からほど遠からぬ並木通りで、突如として吹き起った寒風の中に潜んでいたかまいたちに、脛を咬まれて痣を作った話をしながら、もう、スタイリスト谷口の面目なんかどうでもいいというように、無造作に、ズボンをまくって、雑巾のようにでっかい膏薬を彼女たちに見せていた。

徳島はと見ると、この店に来てから、ずっと同じ、一人の女の子を相手に、彼女をそのせまい長椅子の一角に追いつめたような恰好で、熱心になにか話しこんでいた。


風は、谷口がかまいたちにやられたときよりも、かなり衰えてはいたが、依然として吹きつづけていた。夜になると急に気温が下って、外に出ると一度に酔いが醒めてしまいそうであった。

「あそこにも、ここにも、かまいたちがいるぞ」

谷口が指さすほうを見ると、建物の陰に、夜目にもはっきりと、ほこりが舞い上っているのが見えたし、一枚の紙片は、あきらかにそこに塵旋風《ちりせんぷう》の存在を示すかのようにくるくると廻っていた。

「あいつだ」

と谷口がいった。あれがかまいたちなんだとゆび指して云うと、塵旋風がぱっと消えて、そのあとを、うつむき加減になった女が歩いていた。

クラブ真弓に腰を落ちつけてからは、谷口は、かまいたちのことは云わずにスキーの話を、そこの諸姉諸嬢《ホステス》を相手に始めた。スキーにはまったく縁がない猿田は、ウェーデルンという言葉を反覆しながら腰をかけたままで、腰を振ろうとする谷口の奇妙な身振りを眺めながら、スキーの準指導員の免状を持っている飯島が谷口について評したことをふと思い出していた。

(谷口さんの腕はまず三級の上ってところかな、三級の上でウェーデルンをやろうとするから、それはおかしなものになる。だいたいスキーとスキーがくっついちゃあいないし、彼が腰を振っているつもりでもこっちから見ると、おかしなアンバランス運動をしているとしか見えない。だから、すぐ転ぶ。だがしかし、谷口さんの装備については、うちの会社で彼にかなう者はいないな、スキーはオーストリアのフィッシャーで、スキー靴はケスレー、スキーウエアはフランスのロシニョールと云ったいでたちですからね)

猿田はそこでこんどこそほんとうに、思い出し笑いをひとつやって、谷口の話に耳を傾ける。谷口は諸姉諸嬢《ホステス》におれは一級の腕だの準指導員級だなどとは決して云わない。紳士だから、底の割れるような見えは張らない。彼はもっぱら、ゲレンデに尻もちをつく女性の恰好について、力学的考察を試みているのである。しばしば嬌声が上った。その嬌声につられて猿田が笑うと、谷口は、猿田の空虚な笑いの中に、猿田がいつになく今夜は沈んでいるのに気がついたらしく、

「かまいたちにやられたあとにはいいことがあると云いましたね」

と話をまたそっちへ持って行った。

「それは間違いなくいいことがあるでしょう、ほらさっき、バー・グレイプスのトヨミが云ったでしょう、その春の卒業式のときに卒業生代表で免状を貰ったって」

「いや、それはちと違うね、かまいたちに咬まれたって、咬まれなくたって、おそらくトヨミ

は代表になって免状を貰ったろう。そんなのではなくて、もっと、思いもかけぬようないいことがこれから起きたとすれば……」

といいかけて、谷口は急に黙った。

「なによ、かまいたちって」

とカツコが口を出したから、猿田が彼女に、その説明を始めたのをしおに、谷口はすうっと立上ってカウンターの電話機の前に行くと、懐中ノートを開いて、前に置いてから、ゆうゆうと両手でネクタイを締め直して、そこで受話器に手をかけた。しばらく待っていると相手が出る。谷口は受話器を右手でかくすようにしてかがみこむ。話は少々長びいたようだが、急に彼は胸をそらせて、受話器を置いて、にやっと笑った。

「それから、どうしたのよ」

カツコが訊いた。

「谷口さんが、にやっと笑った」

「かまいたちに咬みつかれたんでしょう、にやっと笑うわけがないじゃあないの、痛いっていったんでしょう」

「いや、それほど痛くはなかったよ」

と席に戻って来た谷口は、例の膏薬を張った足を見せて、

「つまり、ぼくがかまいたちに狙われたのは、ズボン下を穿いていなかったからだ、きみたち

はパンティーを穿いているかね、そうでなかったら、外へ出たとたんにかまいたちにそこを咬みつかれるぞ」

と、およそ、紳士らしからぬことをおっしゃると、アキコ、ツキコ、ホシコとよく似た三人が、ちょっとちょっと心配になったわと、話に調子を合わせて笑う。

「かまわないじゃあないの、かまいたちにやられて、もう一つのあれができたら、そっちの方は谷口さん専用といたしますから」

カツコは、どきんとするようなことを云って、切れ目の長い、翳のある眼で、谷口の顔をじっと睨んでいた。

クラブ真弓のマダムが現われたときには猿田はまた考えこんでいた。諸姉諸嬢《ホステス》のもてなしは完璧だし、水割りもかなり飲んでいるのに、いつものように饒舌になれないのは、彼の頭の隅に、まだかまいたちがいるからである。猿田は子供のころから、かまいたちという妖怪じみたものの存在を怖れていた。彼の村でかまいたちにやられた者は幾人かいた。かまいたちがひそんでいると云われている場所もいっぱいあった。石橋の下、山の神様の社祠のうしろ、石の不動明王の陰、そして彼自身の家の中にも、めったに使わない奥の便所とか、蔵の二階の刀櫃《かたなびつ》にかまいたちが潜んでいるから子供は手をつけてはならないと云われていた。中学生になってすぐ、地理の先生が、かまいたちは旋風中におこる真空が皮膚に触れてできるのだと教えた。そ

の日を境にして、猿田はかまいたちに恐怖を抱かなくなったが、今宵、谷口が、かまいたちらしきものにやられたとなると、

（いったい、かまいたちが旋風中の真空によるものかどうか実験で証明した人がいるであろうか）

とつい考えこんでしまうのである。もしあるとすれば、おそらくその論文は物理学的にも医学的にもかなり有力なものとして、多くの人の眼に触れる筈である。猿田も、かつて科学の世界の隅っこにいたことがあるから、なにかの折に耳にした筈であった。それがないということは、誰かの（科学者の中には、自分ではなんにもしないくせに、口ではいかにももっともらしいことをいう人がいる、そういう人の）臆測から出たものだとすれば、この現象はもう一度考え直さねばならない。

（まあ、そういう理屈は抜きにして、銀座にかまいたちが現われたということは興味のある問題だ）

「でもねえ、谷口さん、そんなところに、ハンカチみたように大きな膏薬を張るなんて、つやけしね、いざというとき、あなたの奥様、なんておっしゃるかしら」

マダムはおっとりと悟すような云い方をした。マダムが前に坐ると、視界が遮られて、暗い空間が黒くなる。喪服のような黒地に白い松葉を山型に合わせて、ばらまいたような模様の着物姿が、着物のことをなんにも知らない猿田の眼を惹いた。

「かまいたちって別に珍しいことではないでしょう、それが銀座に出たからって、そう騒ぐことないわ」

「ちっとも騒いでなんかいないぜマダム、おれはむしろ、その後に来るものを期待しているんだ」

「今度はきれいなかまいたちに咬みつかれたいのではないかしら、銀座は広いわ、せまいようで広い広い」

と、おしまいの方を歌うように云いながら、マダムはすっと立って明るい方へ歩いていく。

猿田は、そのマダムの寂びた婉麗《えんれい》な影を追いながら、バー・グレイプスで、ほんものの いたちを思い出したのと、全く同じような唐突さで、つい一ヵ月ほど前に、北海道で見て来たミンクのことを思い出したのである。

「こちらの、尻《けつ》の大きな方のミンクが雄で、向うの尻の小さい方のミンクが雌です」

ミンク飼育場の主人がいった。ミンクの雄の尻が特に大きいのではなく、雄と雌と比較すると、相対的に雄の方が身体がでっかいので、たまたま猿田の方に尻を向けていた雄の尻と雌の尻の大きさによって雌雄を区別したのである。

そこのミンク飼育場には雄が七匹に雌が百二十匹あまりいた。雄はすべて種つけ用ミンクで、金網の籠に太郎、次郎、三郎と順序よく七郎まで名札が下っていた。

ぽかぽかと暖かくなると、ミンクたちは、雄も雌も一様にくんくんと鳴きだす。交尾期が到来したことに気づくと、飼主は、雄に、生卵を練り合せて作った特別精力食を与えてやり、ころを見計らって、移動用の籠に入れて、雌の籠のところへ持っていく。見合いである。見合いは瞬間に終る。雌は嫌いな相手だと、歯を向いて怒る。好きならくんくん鳴く。そこで、籠と籠の口を合わせて、境の金網の戸を引き上げて一緒にしてやるのである。

「ミンクにも恋愛があるんですか」

猿田が訊くと、主人は、

「それはありますよ、でもね、いたちの雌っておそろしいですよ、一昨年のことでした……」

ミンクは、神経質で、偏食でしかも、新鮮な餌しか食べないという贅沢な肉食動物である。

一昨年の春、飼主の親戚に不幸があって、二、三日、ミンクの世話を他人に任せたことがあった。よくよく注意していたのだが、餌のやり方に失敗があった。古い食べ残しの餌を、新しいものと取りかえる作業中にたまたま雌雄を同じ籠に入れてあった新婚ミンクの分だけ落してしまったのである。夕食どきのことであった。

「その翌朝、行ってみると、雄のミンクが死んでいたんです。雌が雄のミンクの腹を食い破って内臓を食べたんです」

日がさしかけると、つややかな白い毛を、黄金色に輝かせるこの可愛い顔をしたミンクに、そんな残虐性があるとはとても思えなかった。

「やはり、ミンクだっていたちですよ」

飼主がいった。

猿田は考えた。つまり、飼主はミンクもいたちも動物であるということをいいたいのだとすれば、その先に人間も動物だとつけたしたらどういうことになるだろうか。そのときはそう思っていた。

「はあ——」

「風が止んだようだわ」

ホシコが猿田に云った。

「どうしてそれがわかる」

「だってお客様がいらっしてそう云ったもの」

そうだなあと猿田は思った。風が止んだか止まないかは、外へ出て見ないでも分る方法はいくらでもあるのだ。

「月が出ているだろう、上弦の月だよ、きっと」

「上弦の月って?」

「つまりきみの眉のようにカッコよく弓の弦が下を向いている三日月が下弦の月で、その反対が上弦の月だ」

「では下弦の月よ」

「お客さんがそう云ったのか」

「いいえ、わたしの感じよ、外には赤い下弦の月が懸っているわ、そのほうがカッコいいでしょう」

スモッグがあるから赤いといったのだろう、その表現はいいとして、下弦の月が出ているとすればおかしいな、猿田は頭の中で月齢を数え出した。その年によって、簡単に月齢が出せる公式があるのだ。そうたいしてむずかしい式ではない。猿田はその暗算を始めたが、途中で計算がぼやけてしまう。酔っているからだ。くそっ、こんなことがと、頭の中を空にすると、銀座の紳士たちが諸姉諸嬢《ホステス》をからかいながら、実は諸姉諸嬢《ホステス》にいい具合にばかものにされている、その混濁した囈言《うわごと》が遠のいていって、それまで、一時間半あまり、すっかりその存在を忘れていた徳島のささやきの声が聞えて来た。

徳島は、きのう中学校を卒業しましたというようなベビーフェイスの女を相手にして、いったいなにを囁いているのだろうかと、猿田が耳を傾けると、

「つまりね、王維が云おうとしているのは、水がどこにきわまるかということなんです」

猿田は、その水を、へんに解釈して、この若き中国文学者は、女を口説くために王維の詩を持ちこんだのかと、一種の尊敬の念を持って、更にその先を聞くと、徳島の云っているのは、そんなあさはかなものではなく、王維の詩とまともに取り組んだ、大学の講義のような内容のものであり、徳島の言を総合するとどうやら王維の詩の、

行到水窮処坐看雲起時

の、あたりを講述中のようであった。

水源を奥へ奥へとたどっていけば山の巓《いただき》に到り、そこに坐って雲を見るというようなきわめ

て健康的なものであった。

猿田は、その徳島を偉い奴だなと思った。学があるから偉いと思ったのではない。彼の手はまさにそのベビーフェイスを、かき抱くがごとく、相擁するがごとくに、彼女の肩に廻されていたのである。それだけならいいが、彼からその高踏《こうとう》な詩の講義を受けているベビーフェイスが、うっとりとした顔で聞いているから世の中は面白いのである。

猿田は立上った。

「お帰り」

「いや、水の窮《きわ》まるところへ行くのだ」

トイレの入口で谷口と顔を合わせると、

「十一時過ぎると自動車が拾えなくなるから、そろそろ腰を上げようじゃあないか」

といった。そのとおりだ。反対する理由は毫《ごう》もないのだが、猿田はなんとなく、それに楯をついてみたくなって、まだ二十分はいいでしょう、この二十分が貴重だなどと、つぶやきながら水の窮まるところへ入って、水をきわめながら、今夜の谷口はいつもの谷口と違うなと思った。谷口は決して浮かれているのではないが、いつものように、むずかしい文学論を吹っかけて来て、猿田に、ごもっともでございます、と頭を下げさせようとするような、がむしゃらな気概が感じられないのである。谷口はクラブ真弓に来てからは、たいへん浮かれているようでいて、どこかに落ちつきを無くしているところが見える。

猿田は手を洗って、手ふきの紙を引張り出して、丸めて捨てたそのとたんに、膏薬のにおいを嗅いだ。湿布剤特有の、刺戟性のつよいにおいである。紙屑箱をひょいと覗くと、思ったとおりそこに膏薬が捨ててあった。電話をかけたあとで笑った谷口の顔と膏薬を張ったその足では、といったマダムの言葉と、そして、捨てた膏薬とがシリーズにつながってうわ木になり、幹に枝が出た。その枝をぽきんと折って、

「ようし、そうと分ったら無理矢理にでも谷口さんを自宅に送りとどけてやるから」

しかし、そうつぶやいてしまうと、なにもかも味気なくなってもう一度坐り直して、飲む気になれなくなった。それでも猿田は一応は席に帰って、そっと徳島の肩にふれて云ってやった。

「講義は終りましたか」

「丁度終ったところです、帰りましょうか」

こう徳島のように思い切りよく云われると、かえって、猿田のほうが、あとに物足りない気持を残して、外まで送り出してくれたツキコとホシコに手を上げて、さよならをいうと、二人の女性は猿田たちの方へ向って揃って腰を折った。暗いから、彼女たちのその動作が、水泳の選手が、揃ってスタートを切ったように見えた。スタートを切ったけれど、そこは水ではなく、そのまま彼女たちは空間を泳いでいく。寒い風に乗って泳ぐように舞い舞っていくのである。二人だけではない、折から十一時近くになって、客を送ってバーから出て来る諸姉諸嬢《ホステス》がことごとく、銀座の闇の中に泳ぎ出していくのである。懸命に泳いでいく彼女たちの顔を見ると、

どれもこれも、いたちの顔に見える。焦茶色の毛皮を着たいたちもいるし、ミンクのように背に黒茶色の線があるのもあるし、北海道で見て来たばかりの白ミンクもいるのである。

その見事な幻想は谷口の声によって破られた。

「凧は止んだ。愉快じゃあないか」

と谷口は、暗《やみ》に向って、きらっと、さかりのついたいたちのような眼を走らせると、小走りにすいっと通りに出て、そこに来たタクシーを止めた。

やれやれこれで、タクシーの心配はなくなって、よかったわいと、猿田と徳島がタクシーに近寄ろうとすると、谷口を乗せたタクシーはドアーを濡れ手拭で叩いたような音を立てて閉めていきなり走り出したのである。谷口はふんぞり返っていた。

「やったね谷口さん」

徳島がいった。

「まあ、いいさ、かまいたちに咬みつかれたあとにはいいことがあってもいいのだから」

猿田と徳島は肩を並べて、タクシーの乗場に立っている、警察官上りのようながっちりした体格の整理員の方へ近づいて行った。まだ誰もそこには並んでいなかった。

「ねえ、ちょっとうかがいますが、銀座のかまいたちって御存知ですか」

徳島が、整理員のおっさんに訊いた。

「かまいたちなら知ってるが銀座のかまいたちっていうのは知らないね」

「銀座の女達と書いて、その女達にかまいたちって振り仮名をつけて考えて下さい。ね、もう三十分もすると、そのかまいたちがぞろぞろとこの辺を通る」

「あ、なるほど、お客の脛に嚙みつくかまいたちか」

おっさんは、わっはっはと笑った。

猿田は、この夜の終末に、こんなうまいことを云った、若き中国文学者の徳島に少々ならず嫉妬を感じた。畜生め、うまいことをいやあがった。そう思うと無性に腹が立って来たので、思いきりでっかい声で、

「かまいたちだっ！」

と叫んで徳島の足下をゆび指すと、その若き中国文学者は、ひゃっというふうな声を上げて、大学時代にハイジャンプの選手をやったことのある、その足にまかせて、およそ三尺ほども飛び上ったのである。

その彼の頭上に磨ぎすました鎌のような上弦の月が輝いていた。


かまいたち（鎌鼬）＝旋風などの時、空気中に真空の部分ができ、人体がこれに接触すると、鎌ででも切ったように皮膚が裂ける現象。信越地方に多く、昔は鼬のしわざとした。鎌風。（新潮国語辞典）

〔1969（昭和44）年「小説新潮」5月号 初出〕

三冊目のアルバム

蕗子《ふきこ》は手紙を書きながら泣いた。涙が手紙をよごしてならないので、彼女はハンカチを顔に当てていた。とても手紙を書けるような状態でなくなると、蕗子は万年筆を置いて、ハンカチを眼に当てて、泣くことに専念した。そう長くは続かなかった。

彼女は居ずまいを正して、なにかに立ち向うようにきっとなって、それまでよりも速くペンを走らせた。きりっとなると彼女は若く見えた。とても五十一歳とは見えなかった。そそっかしい者が見れば四十そこそこと思うだろう。眼から口元にかけての気概のようなものが彼女を若く見せているのだ。

彼女の持っている万年筆の動きはそれほど長い間、その速度を持続することはできなかった。忘れた漢字を思い出そうとしてペンを休ませると、しばらくはそのまま動かなかった。そして突然、彼女は泣き出した。とめどなく涙を流して、時には声を上げて泣いた。そんなことを彼女は繰り返したのち再び手紙を書く仕事に取掛るのである。

レターペーパーに五枚ほど書くのにかなり長い時間を要した。書き上げるまでにハンカチを何枚か取りかえた。

彼女はそれを読み返した。読み返しているうちにせつなくなったのか再び泣いた。一時は激しく泣いたが、突然泣くのを止めて壁を見つめた。壁には東京の地図が張ってあった。そこには彼女の若いころの人生があった。

彼女は腰を浮かして地図の方へ寄ろうとしたが、思い止って、手紙の上に眼を落した。動きはなかった。じっと考えているふうだった。大きな溜息が二度ほど出た。そして彼女は、いままで努力した彼女の成果を四つにたたんだ。折目を何度か押えつけるようにしていたが、四つにたたんだ手紙を開くと、ほぼ折目に沿って破り、さらに細く引き裂き、最後にはこまかく引き千切った。ほっとしたような表情だった。彼女は物憂く立上ると台所から皿とマッチを持って来た。皿が少々濡れていたから、彼女はハンカチで拭いた。

彼女は引き千切った紙片を焼いた。千切ったものはもう手紙ではなかった。散り落ちた花びらのように一つ一つが独立していて、花びらと花びらのつながりはなくなっていた。彼女は音楽家のように細長い美しいゆびをしていた。その二本のゆびで、白い花びらをつまんで火にくべた。焼香でもするような手つきだった。皿の上に炎が上り、煙が上った。花びらを皿の上に皿と平行に置けば、くすぶるので、彼女はその一枚々々を、皿の上に縦に並べ立てて置こうとした。そうすることが、むずかしいと分ると、彼女は花びらを、数枚一度につまんで皿の上に持って行った。一度は火が消えたが、二度目の炎は消えなかった。

花びらは立派に燃えて、後に黒い花びらを残した。狭い一間だった。申しわけのように台所はついているにはいるが、閉め切ってしまうと煙の逃げ場がなかった。彼女は煙にむせた。煙にむせびながら彼女は前とは違った泪《なみだ》を見せた。彼女はそれは拭こうとはしなかった。その必要はないものと考えたようであった。白い花びらが黒い花びらに変っても、形はそのまま残っていた。

彼女はその黒い花びらを片手でつまんでもんだ。丁寧に丁寧にもんでその形を無くそうとした。黒い花びらが黒い灰になったとき、彼女はまた深い溜息をついた。

黒い灰が盛られた皿を持った彼女は台所に行って、それを流してしまう前に、もう一度よく手の平を合わせて、その間でもんだ。水を少々かけてもむと、今度こそほんとうの灰になった。

だが焼けこげて残った花びらが一枚だけその中にあった。

彼女はそれを二本のゆびで、怖ろしいものをつまむような恰好で眼の高さまで持って行った。勝平《かっぺい》という字が残っていた。彼女はひどく驚いた様子だった。その焼けこげた白い花びらをざっと水で洗うと、白いちり紙の上に置いた。勝平と書かれてある花びらは、水に浸されたから一部のインクがにじんでいた。

彼女は灰を流した。すっかり洗い流した後を綺麗に掃除してから、勝手の隅々にまで眼を配った。どこも綺麗に整頓されていた。一分の隙もないように、びん類はきちんと揃えてあったし、食器類は磨き上げてあった。そのような整理を始めたのは、三日ほど前からだった。

どこにも手のつけるところがないと分ると、彼女は居間に戻り、もとのとおり机の前に坐って、焼け残りの手紙の一小部分を載せたちり紙を両手で戴くようにしながら、電燈のところへ近づけて行った。紙片は熱に耐えられないように、ちりちりと縮まった。たちまち水分を失って、不貞腐《ふてくさ》れたようにそり返った。

彼女は、それをちり紙ごと、台所から持って来た乾いた皿の上に置いて、しばらくの間見つめていた。勝平の平の字の半分が焼けこげていた。彼女の唇が動いた。勝平と云ったようだった。動いただけで言葉にはならなかった。

彼女は、焼け残った勝平の二字を、この上もなく霊現《れいげん》あらたかな護符《ごふ》のように、ちり紙で幾枚にも包んで、それに火をつけた。今度は初めっから景気よく黄色い炎が上って、前よりもいささか白味の勝った灰になった。彼女はそれを流し場に持って行って処分した。

彼女は、濡れた手を、そこに掛けてある布巾で拭いた。布巾がよごれていた。よごれものが付着しているのではなく、何度も何度も使用している間に、色があせてきたならしく見えて来たのである。

彼女はその発見によって、自分自身が大いに傷つけられたよう、それを布巾掛けからひったくると、居間の屑籠に棄てた。屑籠の中には塵一つなかった。彼女は丸めて棄てたその布巾に手を出しそうにしたが、結局はそのままにして、机の前に坐った。

机上にアルバムが三冊積み重ねてあった。

彼女は、三冊のアルバムのうち、表紙の痛んだ一冊目のアルバムを手元に引きよせて第一頁を開いた。

蕗子が勝平を抱き、傍に夫の勝蔵《かつぞう》が立っていた。

勝蔵は気まじめな顔で突立っていた。

素人写真なのに、彼は写真館にでも行って撮ったかのようにかしこまっていた。かしこまるほど盛装しているのでもなく、お祭りとか、お祝いとか、或いはそのような折に撮ったものとも見えなかった。

勝蔵は仕事着をつけていた。戦争中のナッパ服とはいささか違ってはいるが、襟《えり》のあたりが少々変ったぐらいのもので、感覚としてはまぎれもないナッパ服だった。蕗子はエプロンをつけていた。写真を撮った場所は玄関だった。その日、たまたま写真機を持って来た同業者の一人が、撮ったものだった。

彼女はそのときのことをはっきりとは覚えてはいなかったけれど、おそらく台所で仕事をしているところを勝蔵に呼ばれ、勝平を抱いて玄関に行ったのであろう。勝平は不機嫌な、今にも泣き出しそうな顔をしていた。

その写真を見ていると、彼女はその当時の大蔵大臣が、中小企業の一部倒産は止むを得ないと議会で放言したことを思い出した。

勝蔵は長い抑留生活を終って帰って来ると、父と共に小さな下請け工場の経営に当った。蕗子と結婚して、勝平が生れると間も無く父は死んだ。勝蔵の苦労はその時から始まった。どうやら小さな下請け工場をやって行けたのは父の顔だった。父が死んでから、勝蔵の肩に次々と重荷がかかった。従業員は五人いた。家族持ちの二人は間もなく勝蔵のところから去った。不況の嵐がやって来ると、勝蔵のような小さな規模の下請け工場はまず整理の対象にされた。親会社は、自らが不況を生き抜くために下請け会社を犠牲にした。

写真を撮って二月とはたたない間に、勝蔵の工場は行きつくところへ行きついた。工場は住居のすぐ裏にあった。工場の近くに溝があって、そこに呼吸《いき》が止りそうなほど臭い水が流れていた。右も左も下請け工場だった。それらの工場から流れ出す汚水の中には鍍金《メッキ》工場の廃水も含まれていた。刺戟性の臭気はそれらの工場から流れ出るものであった。

蕗子はその臭い水のにおいを嗅ぎながら、家を後にした。勝蔵の実家は四国にあった。勝蔵の母と妹が戦時中疎開していたが、母はそこで病死し、妹は戦後嫁いで行った。そこは空屋になっていた。僅かばかりの田畑があった。勝蔵はそんな草深いところに落ち延びて来ないでもよかった。多かれ少なかれ下請け工場は、勝蔵のような目に会った。どんな目に会っても彼等はそこに居坐った。そして、なんとかかんとか苦境を乗り越えて、次の好況時代になると、うすよごれた羽根を拡げた。すると、それまで見向きもしなかった親会社がやって来て、資金を出すのである。

勝蔵もそのようにしろとすすめられたが、東京に止まらなかったのは、その時既に彼は、下請け工場の経営者という荒仕事には向かないことを自覚していたのと、彼自身の肉体の限界を知っていたためである。

彼は抑留中に病を得ていた。病巣は彼を借金取りのように責め立てた。故郷に帰って、百姓の真似ごとのようなことをやったのはたった一年だった。勝蔵は、ああくたびれた、という最期の言葉を残して死んだ。

蕗子の第二の人生はこの時から始まった。戦争のために婚期が遅れた。彼女が勝平を生んだのは二十九歳のときである。勝平を生んだその翌年彼女は未亡人となった。

彼女は東京生れだった。東京には数限りない思い出があった。彼女の生家は、勝蔵の工場とそう遠くない下町にあった。彼女の両親は彼女が疎開中に大爆撃に会って死んだ。終戦の年の五月のことである。

疎開先にいた彼女はひとりぼっちになった。たまたまその家が遠い親戚に当っていたのでそこで終戦を迎え、勝蔵との縁談がまとまるまでその地に止まっていた。

彼女は勝平を抱いて途方に暮れた。東京へ帰りたくとも身寄りはなかった。勝蔵との間を取り持ってくれた、父の知人がいるにはいたが、頼って上京できるほどの人ではなかった。

近所の人が、保険会社の外交員はどうだろうかとすすめてくれた。あなたは東京生れだから言葉が綺麗だ、きっとうまく行くよとその人は云った。

保険会社の外交員がどんなものだか知らなかったが、ほかにすることがないから、彼女はその話に飛びついた。その日から、子連れの保険会社の外交員ができたのである。

蕗子は、アルバムを繰って行った。

勝平が小学校に入学する日の写真があった。彼女は勝平の肩に手を置いて笑っていた。

とうとうこれまでにしたのよ、女手一つで……彼女はそのようにありとあらゆる人に向って云ってやりたいような晴れやかな顔をしていた。保険の勧誘という仕事は、一にも二にも足であった。念入りに足を運ばなければならなかった。彼女は勝平を背負ってそれをやった。どうやら保険会社の外交員として、生活の見とおしがついてから、近所の家に昼の間だけ勝平をあずけて仕事に出かけて行った。無我夢中の毎日だった。

勝平が小学生になってからは、アルバムの写真の数が増えた。ＰＴＡの会の写真があったり、学芸会や、運動会の写真があった。勝平は丸い顔でいつもにこにこ笑っていた。暗い翳りはどこにも見かけなかった。

勝平は常に優等生であった。なにをやらせても抜群だった。

勝平だけが私の希望ですわ、と彼女は会う人ごとに云った。保険会社の外交員として、彼女がどうやらいっぱしにやって行けるようになったのは、彼女の頭の回転の早さと話術だった。その話の基礎になるものは、彼女自身の境遇であった。突然勝蔵に死なれて如何に苦労したか、現在もその苦労が連続しているのは、勝蔵がいざというときのことを考えていてくれなかったからだ、と彼女は説いた。

つまり彼女の勧誘の秘訣の一つは、俗にいう泣き落しの手であった。あのとき勝蔵が生命保険にいくらかでもいいから加入していてくれたらと、当時の苦労と共に話すことによって相手をずるずると話の中に引きこんで行った。

彼女はその手を根本的には変えなかったが、技術的には相手次第で少しずつ変えて行った。しかし、勝平が成長するにつれて、泣き落しの戦術は現実には使われなくなった。

勝平が中学生になった当時の写真はなかった。勝平が中学二年のとき「私の母」という作文を書いて、ある雑誌社の懸賞に応募して一等になった。

勝平が賞状を抱き、彼女がその傍に並んで坐っている写真があった。賞状と副賞の五万円を貰うために親子は東京の雑誌社へ招待された。写真は雑誌社で撮ったものだった。

そのとき蕗子は勝平さんのような立派な子供さんを持ってあなたは幸せ者ねと、何人かの人に云われた。そのとおりだと彼女は思った。東京に出るについて、どのような服装にすべきか彼女は幾晩も考えた。服装について考えたことなど、勝蔵が死んで以来、初めてのことだった。見違えるようになった東京に来て、すぐ彼女は東京へ帰りたいという気持に誘われた。

彼女は、勝平をかつて勝蔵の工場があったところへ連れて行った。すっかり変っていた。そこには大きな工場ができていたが、臭いにおいのする溝は昔のまま残っていた。彼女にはその異臭が懐かしかった。子供のころ、そのにおいを嗅いで育った彼女にはそのにおいはふるさとのにおいでもあった。彼女の生家はこの近くだった。

その辺は変ったことは変ったが下請け工場が密集していることには間違いなかった。

彼女が、勝蔵の工場があったあたりをうろついていると、もしやあなた様はと彼女に声を掛けた者がいた。もと勝蔵のところで働いていた男で、その後小さい工場を持って近くに住んでいた。

彼は勝平を見て、なかなか利口そうな息子さんだ。きっと勉強もできるだろう。大きくなったら大学へ行くんですよ。どうせ大学に行くなら東大にしなさい。決して、あなたのお父さんのように、下請け工場の経営者になるなんてことを考えてはいけませんよと云った。人間は、大学を出て、大きな会社に入って、下請け工場をこき使って金儲けをするようにならねばならないですよと、彼は勝平に向って噛んで含めるように云った。

勝平は黙って聞いていた。彼女も黙って聞いていたが、勝平よりも、彼女の方が、その男の言葉を強く受取っていた。

彼女が、勝平に東大を目標に勉強しなさいと云うようになったのは、東京から帰ってからであった。

蕗子はつぎつぎとアルバムを繰って行った。勝平が高校一年生になったときの写真がある。勝平はこの頃から、やや神経質に見える少年になっていた。

彼女は、勝平が高校に入学すると同時に、市内に転居した。もともと保険会社の外交員というものは行動範囲が広いものであり、別に取り決めがあるわけではないが、ざっとした縄張りが決っているものだった。だがそれも大きな都市になると区分がはっきりしなくなり、力次第でどうにでもなった。優秀な外交員ほど都会に集中する傾向があった。従って競争は激烈だった。彼女が転居したのは県庁所在地である。

彼女は仕事については自信を持っていた。経験が彼女に転居を決心させた。実は、仕事の方よりも、勝平の勉強ができるような環境が欲しかった。

彼女はアパートの一室を借りた。親と子の充実した生活が始まった。

勝平はよく勉強した。高校に入っても首席を続けていた。

蕗子は更にアルバムを繰った。アルバムは二冊目の半ばを過ぎていた。

「祝小森勝平君東京大学入学」と筆太に書いた幟《のぼり》を先頭に一群の人が歩いている写真があった。

勝平はストレートで東大に入学した。その報が、中学を卒業するまで親子が住んでいた村に伝えられると、村長以下村の者は、村始まって以来の名誉なことだから、勝平が東京へ出発する日は、是非自宅から出発してくれ、村中で駅まで送って行くつもりだと云って来た。勝平の原籍はまさしくその村にあった。

彼女はことわった。そんなことまでしていただかないでもと云ったが、村の者は承知しなかった。東京から勝蔵一家が引越して来た当時はあまりいい顔を見せなかった親類までが、是非そうさせてくれと云ってやって来た。

それはまことに滑稽な行列に見えた。しかし、幟を先頭に駅まで勝平を送って来てくれた村の人たちは大真面目だった。東大に入ったのだから、勝平さんは末は大臣か大会社の社長だななどと大声で話している者もいた。

彼女は勝平と共に歓呼の声に送られて車上の人となった。東大の入学式に参加するためだった。村人たちの声と姿が遠くなったとき彼女は目がしらを押えた。そして、これでいいのだ、これでよかったのだと自分の心に云いつづけていた。

保険の勧誘員をしながら女手一つで、息子を東大に入れたという事実は、彼女の大きな看板となった。彼女は仕事の上において、それを上手に使った。夫の勝蔵に死なれてから、保険会社の外交員になってまず最初に彼女がやったことは、自分と息子を保険に入れることだった。保険に入ってしまうと、もしものことがあっても、息子はどうやら成人できるだろうという安心がついた。だから私はせいいっぱい働くことができたのだと、彼女は説いて廻った。

息子の勝平が東大に入れたのも、結局は、保険に入っていたからだと説明するには、更に説明が迂曲《うきよく》した。だが、教育熱心なこの地方のママさんたちは、息子を東大に入れたような保険勧誘員の手を経て生命保険に入れれば、やはり自分の子供も……と、なんの因果関係もないのに、ありそうに思いこんで、ついには蕗子の云うとおりになる者もいた。

勝平は大学在学中夏期休暇に一度帰っただけだった。アルバイトが忙しく、母のところへは帰れないと云って来た。

彼はアルバイトの家庭教師を三つ持っているほか、私塾の手伝いもしていた。その収入によって、どうにか母の仕送りに頼らないでも済むようになった。

彼女は勝平のことを親孝行息子だと語った。彼女の生甲斐は息子を自慢することだった。しかし、息子自慢も相手次第で、同じような年ごろの息子があって、たまたまあまり有名でないような大学へ行っている家などでは、勝平のことなどおくびにも出せなかった。

彼女は訊かれれば、なんでも話した。将来の望みはと訊かれたとき彼女は、やはり私は東京生れだから、勝平が大学を出たら一緒に東京で住みたいと云った。

東京を口にすると、彼女の胸は高鳴った。恋をすることもなく結婚した彼女にとって、胸のときめきを感ずるのは、東京を口にし、東京に住むことを想像する時だった。彼女は東京の地図を壁に貼った。

彼女には、下町の下水溝のにおいが懐かしかったが、その下町に住もうとは思わなかった。郊外のしかるべきところに、勝平とともに居を構えたいと思った。できれば富士山の見えるところがよかった。ほら坊や、富士山だよ、と孫に云ってやれるようなところがいいと思っていた。彼女はまだ若かった。孫を抱きたいと思うような年ごろではないのに、東京のことを考えると、落ちつく最後の姿が、孫を抱いて富士山を眺めている自分自身の姿だった。

随分苦労したのだから、それくらいのことは許されてもいいのだと彼女は東京の地図に向ってひとりつぶやくこともあった。

勝平の就職が決ったという通知があった。東京に本社がある一流企業であった。いよいよ来年の春、勝平は大学を卒業する。それをしおに東京へ引越そうと彼女は思った。同じ保険の外交員をやっていた人で、東京へ越した人に、東京の生活や、家のことなどそれとなく訊いてやったりした。

東京へ帰って勝平と一緒に暮すという彼女の夢は急速に膨脹していったが、彼女はその夢を勝平に知らせてはやらなかった。親一人、子一人、そんなことをせずとも勝平は充分心得ていると確信していた。

勝平は比較すべきものもないほど親孝行な息子なのだ。彼が中学生のころ、遅くなって帰って来る彼女のために、彼女の着物を炬燵《こたつ》にかけて暖めて待っていてくれたことがあった。そのように心のやさしい母親思いの子なのだ。そのうち、勝平は彼女に東京へ出て来るように云って来るだろう。それは絶対的と云ってもいいほどのことなのだ。

狭くともいいから、息子と二人で住めることはなんとすばらしいだろうと彼女は考えていた。彼女は顧客にこの町で保険会社の外交員をやるのも今年かぎりですと明言した。いよいよ、勝平の卒業の日が近づくと、彼女は、彼女自身の第二の人生の卒業期が近づいたようにそわそわした。

蕗子は第二冊目のアルバムを閉じた。

三冊目のアルバムは真新しいものだった。それは顧客先から米寿の祝いとして貰ったものだった。

彼女は、三冊目のアルバムを開いた。

そこには勝平と見知らぬ女とが並んで立っていた。勝平は女の肩に手を廻していた。女はそうされたことを喜ぶように笑っていた。眼の大きい、長い髪の女だった。

彼女は最初にその写真を見たとき眼もくらむように驚いた。私をさし置いて、勝平はこんな女と……。怒りでなにもかも見えなかった。

蕗子は、その写真の傍に封書のまま挟んであった勝平の手紙を手にした。既に何度か読んでいた。読まなくとも、内容は暗記していた。

（お母さんこの写真を見て驚いたでしょう。ぼくは絢子《あやこ》さんと結婚することにしました。実は既に結婚したと同じ状態でおります。学生結婚です。お母さんごめんなさい。お母さんに黙ってこんなことになってしまいましたけれど、お母さんはきっと許して下さると思っています。私達は、私が卒業して就職すると同時に正式に結婚式を上げたいと思っています。当分はここに居て、経済的な余裕ができたら、もう少し人間らしい生活ができるマンションに引越そうと思っています。絢子さんについては、お母さんがなんの心配もなさることはありません。立派な女《ひと》です。卒業したら絢子さんをお母さんに紹介するために帰郷したいと思っています。お母さん、ほんとうに長い間ありがとうございました。お母さんなくして、今日のぼくはあり得ません。ぼくは大学を卒業してやっと一本立ちに成りました。もうお母さんに迷惑を掛けることはありません。お母さんも、これから自由な生活を送って下さい。したいことがあったら、なんでもやったらいいと思います。将来、老人ホームに入りたいというならばそれもよいと思います。ぼくはお母さんがやりたいということになんの干渉もしません。では、お母さんさよなら。帰郷する時には前もってお知らせいたします）

彼女はその手紙を封筒におさめた。もはや怒りは燃え尽きていた。ほとんど無感動な表情の中に、なにか激しく動いているものがあった。

彼女の視線が、その手紙の最後の方にそそがれた。老人ホームに入りたいと思うならばそれもよいと思います、という一行に固着した。眼を中心として再び激しい怒りが燃え上りそうだったが、彼女はそれを押えこんだ。

蕗子は三冊目のアルバムを手紙を挾んだまま閉じた。時計を見た。十一時半だった。アパートはしんと静まりかえっていた。

彼女はゆっくりと立上って、タンスの中から喪服を出してそれに着換えようとしたが、その前に下着を取り換えた。不要な下着は丸めて屑籠に捨てようとしたとき、既にそこに汚れた布巾があるのに気がつくと、彼女は、喪服を着るのを止め、また普段着に着換えて、汚れた布巾と下着を、デパートのお買物袋に入れて外へ出た。彼女は階段をゆっくり降りた。近所の人に気付かれたくはないようだった。階段を降りてしばらく歩いたところで、彼女は道端の石を二つ三つ拾って袋に入れ、袋を折り畳むように、ぐるぐる巻きにした。そこから川までは五分ばかりかかった。彼女はそれを橋の上から川の中に投じた。彼女はその水音に、ぞっとしたように肩をすぼめた。彼女は自分自身が身投げをした水音を聞いたように思った。

彼女はゆっくりとアパートの階段を登った。ひどく咽喉が乾いていた。水道のコックをひねってコップに水をついだが、それを居間のところまで持って来てそのままにして置いた。飲みたいが、我慢しているふうだった。

時計を見た。十二時十五分前だった。

彼女は鏡台の前に坐って、化粧を始めた。その彼女を見たら誰でも驚くほどの念の入れ方だった。化粧は濃くも薄くもなかった。薄化粧と云われるほどのいい加減のものではなかった。彼女は心をこめて化粧を終えると、喪服に着換えを始めた。一人では着付けに時間がかかったが、充分に満足できるものだった。

彼女は神棚の前に行って、線香に火をつけた。勝蔵の写真が、暗い奥から彼女を無表情に眺めていた。

彼女は写真に手を合わせたが、それは形式的なものだった。彼女に取って勝蔵は夫であったという以外になにものでもなかった。思い出になるようなものはなかった。苦労だけを遺産として残した夫だった。

彼女は机の前に坐った。引出しから睡眠薬を出した。

彼女は眼をつぶった。最期の回想にふけっているようだった。

蕗子は突然立ち上った。喪服を急いで脱いで、彼女の外出着に着換えた。紺のスーツに白いブラウスの姿になった。喪服は気をつけてたたんで畳の上に置き、その上に三冊日のアルバムを置いた。

彼女は睡眠薬をかなり多量に口に入れた。コップの水はからになった。時計を見た。十二時半を過ぎていた。すべての物音は消えた。

彼女は時計と十五分間睨めっこをしてから台所へ行ってガスの栓を開いた。ゴムホースは彼女の居間に導入されていた。ガスの洩れる音だけが、深夜の物音のすべてであった。

彼女は机の下に置いてあった腰紐で自分の両足を固く結んだ。そのとき、彼女の眼から涙が溢《あふ》れ出しそうになった。彼女は身体を震わせながらそれを我慢した。

彼女の中に変化が起った。確実に彼女は暗い方向に移動しつつあった。彼女は眼を閉じた。

母の死を知って駆けつけて来た勝平が、お母さん、何故死んだんだと泣き叫ぶ声が聞えた。

遺書一つ残さず黙って死んだお母さんの気持は分らないと泣く勝平の傍で、絢子がうなだれているのが見える。その絢子に勝平は云った。ぼくは長い長い間、お母さんに迷惑を掛けていた。ぼくはお母さんをぼくのために束縛し続けた。ぼくの願いはそのお母さんを自由にしてやることだった。お母さんはまだまだ若い。これからはお母さんがしたいようにして生きて貰いたかった。そのお母さんがなぜ自殺したのだろうか。生活に疲れ果てたのではない。病気をしているのでもなかった。なにもかも順調に進んで来ていた。ぼくらの結婚式も間近だった。それなのにお母さんはなぜ死んだのだろうか。

「私たち若い者には老人の気持は分らないものよ」

絢子がぽつんとひとこと云った。勝平はその言葉にはっとした。老人という言葉が、彼の心を衝いた。母に送った手紙の中に不用意にその老人という言葉を使ったことを思い出した。

「そうだ。確かに老人ホームという言葉をぼくは使った。しかし、まさか……母が、あの気の強い母が、そんなことを気にして自殺するとはどうしても考えられない」

勝平が叫ぶようにいう声が、蕗子の耳にははっきり聞えた。

「そうだ。勝平、お前がお母さんの気持が分らないように、私もお前たち若い人の気持は分らないのだよ」

蕗子はそう云った。云ったつもりだが、それは言葉にはなっていなかった。そのとき彼女は、もう、どうにもならないほど暗いところへ引きずりこまれていた。


〔1973（昭和48）年「小説新潮」4月号 初出〕

生き残りの勇士

野沢丑松《うしまつ》が八甲田山生き残りの勇士だということをはじめて耳にしたのは、宮根三郎が豊山《ぶざん》中学校に入った昭和十五年の春のことである。話したのは四年生の勝崎昭雄であった。

「丑さんって知っているだろう、体操の先生で生徒監をやっている、頭の禿げた背の低い人だ」、
そう言われて宮根は、あああの先生だなとすぐ分ったが、八甲田山生き残りの勇士ということがぴんと来ないので、それはどういう意味かと訊き返すと、

「お前、ばかじゃあないか、白雪深く降りつもる、八甲田山のふもとばら……っていう軍歌を知っているだろう、その時の生き残りの勇士なんだぜあの丑さんは」

それでどうやら、勇士たるゆえんがおぼろげながら分りかけたが、ほんとうに分ったのは家へ帰って、祖父に聞いてからだった。

祖父は、八甲田山生き残りの勇士が孫の中学校に居るということだけでひどく驚いたようだった。「その人は将校かそれとも下士官か、どちらにしても足か手が不自由だろう」

祖父は云った。野沢先生は曹長だったそうだが、身体に不自由なところはないよ、もともと体育の先生だからな、と三郎は野沢丑松について、さらにこまかいことをあれこれと話してやった。

「はてな、あの時生き残った勇士のほとんどは手や足にひどい凍傷を負ったと聞いているが」

祖父はそう前置きして明治三十五年の一月下旬、青森歩兵第五聯隊の二百十名が八甲田山中で吹雪に遭遇して二百十名中百九十九名が死んだ話をした。

「生き残った十一名の中にそんな名前の人が居たかな」

なにしろ、あれから四十年にもなろうという昔のことだ、だいぶ記憶は薄れてしまったが、あまりにも大事件だったからなと、祖父は昔を懐しむような視線を遠くに投げた。三郎は白雪深く降りつもる、八甲田山のふもとばらの軍歌は、おぼろげながら知っていた。しかし、その歌の背景となっている大遭難についてはほとんど知らなかった自分を恥じた。

「その先生がその時の一番若い下士官だったとしても、六十歳にはなっているだろうな」

祖父の云うのを聞きながら、三郎は大きく頷いていた。野沢丑松は体育の先生だがその方は若い先生にまかせて、もっぱら生徒監としての仕事を続けていた。それにふさわしい年格好になっていた。

宮根三郎は四年生の勝崎昭雄に祖父から聞いたとおりのことを話した。

「すると丑さんは八甲田山生き残り勇士のにせものだったというわけか」

昭雄は頓狂《とんきよう》な声を上げた。

「そうではない。生き残りの勇士はほとんどひどい凍傷を受けて手術をした筈だということだ、中には一人ぐらい、なんでもない人がいたかもしれないさ」

三郎は丑さんのために弁解をしながらも、祖父の話から想像して、或は丑さんが、八甲田山生き残りの勇士だというのはなにかの間違いかもしれないと思った。

「ようし、おれの叔父さんは、新聞社に勤めているから、古い新聞を調べて貰うぞ、そうすれば嘘かほんとかはすぐ分る」

勝崎昭雄は眼を輝かせながら云った。

「あの牛監め、今度はこっちがとっちめてやる番だ」

とも云った。野沢丑松には二つのニックネームがあった。多くは親しみを以て丑さんと呼んでいたが、ごく一部の上級生は丑を牛にして、その下に生徒監の監をつけて牛監と呼んでいた。

生徒監というのは、文字通り生徒を監督する役職だった。校内はもとより校外においても、生徒の行動を監視し、中学生にあるまじき行為があった場合は、これを注意し、改めさせるのが本務であった。

日華事変が拡大し、なにもかも一足飛びに軍国化の方向に変りつつあるときだった。どこの中学校も生徒監には怖い先生を置いて生徒を監督していた。生徒に悪いところがあれば、文句なしに殴るような生徒監が多いと云われている中で、豊山中学校の生徒監の野沢丑松は、絶対に生徒を殴らなかった。そのかわり、生徒がなにか事故を起した場合、短くとも一時間、長くて二時間のお説教をすることで評判になっていた。野沢丑松は生徒監としての責任を負わされると、実に丁寧に生徒たちを見廻っていた。豊山中学は、東京、小石川の護国寺の境内にある、真言宗、豊山派が経営に当っている中学校であった。

生徒の素質がよく、真面目でよく勉強をする中学として知られていた。だが素行が悪いと云っても、せいぜい、護国寺境内の墓地に隠れて煙草を吸ったり、放課後、こっそり喫茶店へ行くくらいのものであった。

勝崎昭雄が、よし牛監を取っちめてやろうと云ったのは、勝崎等が墓地に隠れて煙草を吸っていたところを野沢丑松に見つかって、同級生ともども二時間ほどの長説教を聞かされたことがあったからである。

野沢丑松の説教は声涙共に下ると云った形式のものではなく、津軽弁丸出しの重々しい口調で、彼自身が歩いて来た道を淡々と話しながら、その中に時々教訓的な言葉をさし挟んで行くと云ったようなものであった。勝崎昭雄等四人が叱られたときもそうであった。

〈煙草の火は消せ、そしておれの云うことをよく聞け〉

四人は墓場に坐らせられたままで、野沢の話を聞いた。長い間の軍隊生活の話であった。軍隊の規律がいかに厳重であるか、そうしないと戦争に勝てないからだというようなお説教の中に、次のような挿話があった。

〈日露戦争の時、一晩中寝ずに歩いたことがあった。一言も口をきかず、灯りもつけず、星空の下を黙々と歩いた。歩きながら眠っている者もあった。大休止したときのことである。煙草を吸ってもいいが、火を隠すために、周囲に人垣を作れという命令が出た。煙草好きな兵隊は云われたとおりにした。ところが、その煙草の火が敵に発見され、突然、奇襲を受けた。わが部隊は一時混乱におち入った〉

野沢はそんな話をした。彼の体験談を生徒たちがどのように解釈しようがそれは勝手である、と云った調子の話しっぷりであった。こんな挿話を混えてのお説教だから、叱られているという感じはなかった。多くの者は二時間を苦痛には思っていなかったが、勝崎だけはこの二時間を我慢ならないほど長く感じていた。

彼は、野沢丑松のぎょろ目に本能的に反感を持っていた。話の内容より、東北なまりが気に入らなかった。

〈おれはあのぎょろ目に睨まれながら、東北弁で二時間も面白くない説教を喰わされると気が狂いそうになる〉

と勝崎昭雄はその後で友人に云った。墓場で煙草を吸った四人のうち三人は、二時間にわたる身の上話とも教訓ともつかぬ野沢丑松の説教が功を奏したのか以後二度と煙草を吸うようなことはなかったが、勝崎昭雄だけは依然として煙草を吸っていた。吸いたいからではなく、牛監のお説教を聞いて、ぴたりと煙草を止めてしまった同級生の意気地なさに対する反発と、必ず、そのうち現われるであろう、野沢丑松に対する挑戦を期待して彼は煙草を吸いに、墓地に入って行った。

〈近ごろお墓で煙草を吸っている生徒があるらしい〉

という噂は、教官室での話題になった。当然のことながら野沢丑松の耳にも入った。

野沢は墓場で煙草を吸っているのが勝崎昭雄であることを知っていた。が、彼は勝崎を現場でつかまえてお説教するようなことはせず静観しているようだった。勝崎が墓碑の蔭で吸う煙草の煙を遠くから眺めながら、じっとたたずんでいる野沢の姿を護国寺の僧が見かけたことがあった。

野沢は勝崎の心理をよくつかんでいた。勝崎が煙草を吸いたくて、墓地へ入りこむのではなく、野沢丑松に反抗するためにわざとそうしているのだということを知っていた。こんな場合は、知らんふりをして時をすごせば、いつの間にか止めるだろうという野沢の予想は見事に当った。勝崎は、墓場での喫煙をあきらめた。

「どうも牛監のやつ、おれが墓場で煙草を吸っているのを知っていながら知らんふりをしているらしい」

と勝崎昭雄は宮根三郎に云った。

「逃げようたって逃すものか、八甲田山の生き残りのにせものめ」

勝崎はそんなことまで云った。どうやら、勝崎は、新聞社に勤務している叔父から、八甲田山遭難についてのなにかしらの情報を得ているらしかった。

宮根三郎は二年生になり、勝崎昭雄は五年生になった。

「見ておれ、近いうち、必ず牛監をとっちめてやるからな」

勝崎昭雄は宮根三郎にそのように宣言した翌日だった。勝崎は放課後、教室内で煙草を吸っているのを野沢丑松にとがめられた。勝崎は放課後、野沢丑松が校内見廻に来る時刻を待っていて、わざとその行為に出たのである。

野沢丑松は勝崎昭雄を校主室につれて行った。豊山中学校には校長と校主がいた。校主は名義だけの存在であり、校主が来ることはほとんどなかった。校主室は医務室の隣りにあって、応接間がわりに使われていた。

たまたま、職員室では進学に関する職員会議が開かれていたから、野沢はここを利用したのであった。

「煙草は吸ってはいけないことになっている。そんなことは百も承知で、なぜ吸った。どうも私には、お前はわざとそうやったように思えてならない」

野沢はいつもの通り重々しい口調で云った。

「生徒が煙草を吸ってはいけないことは分っています。しかし野沢先生だって嘘をついている。それはいけないことでしょう」

勝崎は冷やかに答えた。内心ではこの一言が云いたくて、吸いたくもない煙草を吸ったのだとうそぶいていた。

「私が嘘をついている。それはどういうことかな」

野沢の眼がきらりと光った。嘘つきと云われて黙っているわけには行かないぞという顔だった。

「八甲田山生き残りの勇士だなんて嘘をついているではないですか。ぼくは新聞社に勤めている叔父さんにたのんで、明治三十五年の一月下旬の新聞を調べて貰い、十一名の生き残りの勇士の中に野沢丑松という名はなかったことを確めました」

勝崎はこの一言によって、野沢がどのような顔をするか、どんな態度に出るか、その折のことをいろいろと想像していた。しかし野沢は顔色も変えなかったし、驚いた様子もなかった。

「私は今まで嘘をついたことはない。また八甲田山生き残りの勇士だなどと云ったことは一度もないぞ」

力のこもった声で云った。

「でも、先生たちや生徒たちのすべては野沢先生は八甲田山生き残りの勇士だと云っています。先生自らが口にしなくとも、その噂を自ら否定しないのは、それを認めているからではないですか」

勝崎昭雄は食い下った。

野沢は、しばらくは答えず、大きな眼で勝崎の顔を見ていたが、やがてゆっくりと話し出した。

「私をこの学校へ世話してくださった上官が、その時の校長に、八甲田山生き残りの勇士だというような紹介をした。ずいぶん前のことだ。それ以来、そのとおり語り継がれているらしい。おれはそのことについて、否定も肯定もしなかった」

「なぜしなかったのです。八甲田山生き残りの勇士だったら、誰はばかることはないし、もしそうでなかったら、極力それを否定すべきじゃあないですか、それに先生は、いままで、先生や生徒たちが八甲田山の話をしてくれと、たのんでも、そのことだけは絶対に話したくないと云っていたそうですが。話したくないのではなく、知らないから話せなかったのではないですか」

勝崎昭雄は更にきびしく突込んだ。

「そうか、お前もやはり、そのことが知りたかったのか」

野沢は溜め息に似た答え方をすると、

「おれの家へ行こう、古い新聞が取ってある。八甲田山生き残りの勇士であるかないかは別問題として、それを読んだら必ず君に納得して貰えると思う」

野沢はそう云って立ち上った。勝崎は、期待していたものとは違った成行きにもの足りなさを感じながらも、いつになく野沢が意気消沈しているのは、痛いところに触れられたからだと思っていた。

野沢の家は学校から歩いて十五分ほどのところにあった。奥の間に通された勝崎の前に出されたのは青森県の東奥日報社から発刊された明治三十五年一月二十九日付の新聞だった。新聞の色は変っているが、活字は鮮明だった。青森歩兵第五聯隊の八甲田山中における大惨事が報道され、それと対照的にほとんど時を同じくして、青森歩兵第五聯隊とは正反対なコースを取って、八甲田山系を踏破し、全員無事生還した、弘前歩兵第三十一聯隊の福島大尉が率いる三十八名の小隊のことが書いてあった。この中に陸軍歩兵曹長野沢丑松の名があった。

勝崎昭雄はその新聞を一気に読んだ。古い云いまわしのごつい文章だったが、かえって臨場感があった。厳冬期の八甲田山踏破を二つの聯隊が同時に実施して、一方は大遭難を起し、一方は無事生還したことがあまりに対照的であった。勝崎昭雄は頭を上げた。そこに野沢丑松の眼が待っていた。

「一般に八甲田山の生き残りの勇士というと、青森歩兵五聯隊の二百十名中、生き残った十一名のことを指す場合が多い。日本中のほとんどの人は、同じころ、弘前歩兵三十一聯隊が八甲田山を踏破したという事実を知らないからである。私をこの学校へ世話してくれた上官は軍人だから、このことを知っていて、当時の校長に八甲田山の生き残りの勇士という言葉で紹介した。それ以来時々私は当時のことを訊かれた。だが私は八甲田山の雪中行軍については一言もしゃべったことはない」

「なぜしゃべらなかったのです。ありのままを話せば、ぼくだって、先生を疑うようなことはしませんでした」

勝崎はそう云ったあとですみませんでしたと云った。

「お前だって自分がやったことで人に話したくないことは幾つかあるだろう。私にもそれがある。な、考えて見ろ、八甲田山に踏みこんだ五聯隊の一大隊は全滅した。そしてわが小隊は全員生還した。名誉なことだが、それを声を大にして云えば遭難した五聯隊の将兵を間接的に誹《ひ》謗《ぼう》することになりかねない。従ってわれわれ小隊の成功は東奥日報に出た以外、どこの新聞にも出なかった。つまり国民には知らされなかったのである。われ等も沈黙を守った。そうせよと、雪中行軍隊長の福島大尉に固く口止めされていたのだ」

野沢はそれだけ云うと、勝崎に、これでお前も、うまくない煙草を吸うこともないだろうと云った。野沢は勝崎がなんの目的で煙草を吸っていたのか知り切っていたのであった。

「おい、丑さんは正真正銘、八甲田山生き残りの勇士だよ」

と勝崎昭雄は翌日、宮根三郎に云った。宮根だけではなく、級友たちに誰彼となく野沢丑松のことを話した。ただ、その勝崎も、野沢丑松が八甲田山生き残りの勇士ではあったが五聯隊ではなく、三十一聯隊の方だったというような注釈はつけ加えなかった。そうすることが野沢丑松に悪いように思われたからであった。

一時沈静していた八甲田山生き残りの勇士という言葉が学校中で囁かれ、野沢のことが話題にのぼるようになると、野沢ははたで見てもはっきり分るようにその行動が内向的になった。日頃無口の彼が徹底的に口をきかなくなった。人と顔を合わせるのもわざとさけているようであった。

五月の末であった。野沢は職員室で執務中、気分が悪くなったので、医務室へ行ってそこにあるベッドに横になっていた。しばらく休んでいればよくなるだろうと思っていた。彼が横になって間もなく、生徒が一人運びこまれて来た。体操の時間に気分が悪くなったから運びこまれたのであった。

野沢はその生徒にベッドを譲って、自分は医務室と隣り合っている校主室に入り、その肱《ひじ》掛け椅子に坐った。そこが野沢丑松の死の床となった。三十分後に生徒の様子を見に来た体育の教師が野沢に声を掛けた時には既に死んでいた。

野沢丑松の死は間も無く学校中に知れわたった。授業が中止されたほど、豊山中学校では大きな出来ごとであった。

日を選んで校葬が豊山中学校の講堂で行われた。五年生の総代が弔辞を読んでいる間に言葉につまった。野沢先生は、自分が死ぬほど苦しいにもかかわらず、生徒にベッドを譲ってやったというくだりで絶句したのである。と同時に、後列の五年生の席から突然、号泣が起った。声をふりしぼって泣き出したのは勝崎昭雄であった。それがきっかけになり全校生徒がいっせいに声を上げて泣いた。葬儀をそのまま続けられるような状態ではなかった。どうやら校葬が終って生徒たちが講堂を出たあと、講堂の床はまるで水でも打ったように涙で濡れていた。

「八甲田山生き残りの勇士らしい死に方だった」

豊山中学の先生や生徒はそう云って野沢丑松の死を悲しんだが、彼が同じ八甲田山生き残りの勇士でも、三十一聯隊に属していたということを知っている者は勝崎昭雄一人であった。

この小説は豊山中学校卒業生の宮前国雄氏から資料をいただいて書いた。野沢丑松氏以外はすべて架空の人物である。

〔1979（昭和54）年「文藝春秋」1月号 初出〕

富士、異邦人登頂

英吉利《イギリス》公使ラザフォード・オールコックが老中安藤信正に対して富士登山の許可を要求したのは、万延元年（一八六〇年）の六月二十一日のことである。

この日、オールコックはかねて約束していたとおり、兵庫、大坂の開港を幕府に強く迫り、幕府はこれを種々の口実を設けて延期しようとした。その一つの理由として既に開港されている神奈川で次々と起っている外国人殺傷事件を取り上げ、これは民情が外国人との通商を好まないがためであり、強いて開港すれば、外国人の生命財産をも危くするものである、依って開港は尚しばらく待つべきであるというものであった。

オールコックは安藤信正に対して、

「あなたは詭弁《きべん》を弄《ろう》しています。取りしまりを厳重にすれば殺傷事件など、起るはずもないのに、自らの過失を民情にすりかえようとしているのです」

と反駁した。そして突然オールコックは、

「私は富士登山をしたいと思います。江戸から富士山まではかなりの道程になるようですが、私は実際に旅行してみて、幕府が云うようにはたして民衆が外国人に対して悪感情を持っているかどうかを確めたいのです」

と云い出したのである。幕府が、兵庫、大坂の開港を民情を理由にこばもうとしたから、オールコックは、その民情をためすべく富士登山をすると云い出したのであった。

「富士登山をするなどということは言語道断です。高輪《たかなわ》東禅寺のイギリス公使館から江戸城までの僅かな距離でさえ総勢二百五十人ほどの武士で護衛しなければなりません。富士登山がいかに至難であるかはお分りの筈です」

老中久世広周《くぜひろちか》が云った。

「警備がたいへんなのは分ります。しかし警備がむずかしいから富士登山はまかりならぬという理窟は成り立たないでしょう。いままで外国人に危害を加えた者はほとんど浪人だそうですが、浪人は江戸を離れると少くなるという話も聞いていますが……」

オールコックはそう云った後で、浪人対策は幕府内部の問題であるから、幕府の手によって解決すべきであり、そのとばっちりをこっちへ持って来られては困ると云った。

幕閣側は言葉につまった。それを見すましてオールコックは、

「われわれは日本とイギリス国との間に取り交わした修好条約第二条による、公使は支障なく日本国内を旅することができるという取り決めによって、富士登山の可能性を強く主張し、これを実行したいと云っているのです」

と強調した。通辞はオールコックのこの激しい言葉を幕閣たちに告げてから額の汗を拭いた。これはたいへんなことになるぞと思ったからである。

幕閣側は修好条約第二条を出されたことによって答えに窮した。安藤信正は、

「貴官の申出は全く正しいが今直ぐ富士登山の許可を求められても、こちらは困る、次の機会まで御猶予《ごゆうよ》を願いたい」

と云った。オールコックはこの申出に同意し、次の機会を七月九日と決めた。

この万延元年という年は、明けて間もない一月七日に、オールコックの通辞伝吉が公使館前で斬殺され、二月五日には、神奈川で、オランダ人船長ほかオランダ人一名が斬殺された。そして三月三日には、諸外国との通商条約成立を怒った、水戸浪士たちが桜田門外で大老井伊直《なお》弼《すけ》の首を挙げた。攘夷《じょうい》論者や攘夷実践派がもっとも活発に動き廻っている最中だった。

幕閣では連日会議が開かれた。

「もしオールコックの富士登山を許したならば、不平分子は大挙して、オールコックの行列を襲うだろう。オールコックの身にもしものことがあれば、イギリス国は軍艦はおろか兵を上陸させて幕府に多額な賠償を迫り、更には日本にとって不利な条件を求めて来るであろう」

「いや、そんなことでは済まされぬ、それを口実に英国は日本を占領し、植民地化するかもしれない」

とまで云ったのは外国奉行の水野筑後守であった。

「だからと云って、富士登山を拒否しても結果は同じことではなかろうか。条約を締結して、それを守らないことは相手国に条約不履行の口実を与えることになる。それだけでも軍艦を持って来る可能性は充分だ」

などの意見が出た末、結局、口実を設けてオールコックの富士登山を思い止まらせるのがもっとも賢明な策であろうということになった。

寺社奉行の松平伯耆守《ほうき》が老中に呼ばれた。寺社奉行からの早馬が駿河《するが》の富士宮浅間神社の間を往復した。老中安藤信正は寺社奉行や富士宮浅間神社の関係者を交えて、いかにしてオールコックに富士登山を断念させるかの打ち合わせを行った。その結果、幕府としては、

一、富士山はけわしくて登るのが容易でないこと

一、途中には旅館らしきものはなく、石室と云っても、洞窟と同じようなところに泊らねばならないこと

一、イギリス国公使ともあろう者が、習慣的に行われている下層階級の巡礼に出かけるのはふさわしからぬことである

の三点を強調して思い止まるように説得しようということになった。そうこうしているうちに登山期が過ぎてしまえば、オールコックもあきらめざるを得ないだろうという狙いであった。

当時の富士登山は旧暦の六月一日が山開きで七月廿七日が山仕舞いと決められていた。この期間内だけが登山を許されていたのである。いくら外国公使であっても日本の寺社奉行が許可している登山期まで無視できないだろうというのが、幕閣の考え方であった。

約束の七月九日にオールコックは江戸城に来て、ヴィクトリア女王の信任状を将軍家茂に提出した後、前から懸案になっている富士登山の許可を幕府に正式に要求した。

久世広周が、かねて申し合わせたとおりのことを述べて、オールコックに富士登山を思いとどまらせようとすると、オールコックは、あたかもそれを予期していたかのごとくに、

「登山路がけわしいということはいっこうに気にしていません。私は富士山よりも高くてけわしいヨーロッパのアルプスに登ったことがあるし、登山の途中、石室しかないという点だって問題ではありません。登山はもともと野宿するのが当り前だから、石室でもあれば上等過ぎるくらいです」

と答えて笑った。

久世広周はやむなく第三の巡礼登山を持ち出すと、

「富士登山が宗教的団体の講によってなされていることは知っています。しかしそれが、下層階級の巡礼であって、公使にはふさわしくないという考えには根本的に同意できません。われ等は富士講の真似をするために富士山頂に巡礼に行くのではなくて、富士山の高さの測定や温度や地質など科学的調査を兼ねての登山をしたいのです」

オールコックはそう答えて動じなかった。

*

二日後の七月十一日にオールコックは安藤信正等に大坂、兵庫の開港を強く迫った。例によって安藤等は言を左右にしてオールコックの矛先からようやくにして逃れたが、オールコックは、

「あなたはノーしか言葉を知らないのですか、でも私の富士登山に対してはノーは云えないでしょう。たとえあなたがノーと云っても私はでかけます。私にはその権利があるからです」

と云った。その時、彼は修好条約第二条こそ持ち出さなかったが、富士登山を強行する意志をはっきりと固めていた。安藤信正は前々日の会見で、次回にはおそらくオールコックはこのような態度に出るであろうことを予想していた。

(オールコックがあれほど富士登山をしたいというならば許可してやろうではないか、厳重な警戒体制さえ布けば、事故は防げるだろうし、オールコックの真意は富士登山をしたいということよりも、日本国内の民情を知りたいところにその主眼点があるのだから、かくさずに見せてやったほうがよいであろう。その結果は、悪くなるというよりむしろよくなるのではないだろうか)

安藤信正の意見であった。幕府としても、オールコックの富士登山をあくまでも拒否することはできそうもないと見、心を決めたのである。

安藤信正はオールコックの富士登山の申出に対して、

「それほどまでに貴官が富士登山を希望されるならば、幕府は責任を以て、御案内いたしましょう。どうぞ、登山の日程や参加人員等をくわしくお知らせください。早速、準備をいたさせましょう」

と云った。

オールコックは、幕府が富士登山を許可したので大いに気をよくして、その日は帰り、直ちに富士登山の準備を始めた。

幕府がオールコックに富士登山を許可したことは秘密であったが、この話はまたたくまに江戸城内に流れ、安藤信正等の政策に批判的な者や、理窟なしに、外国人嫌いの武士たちを顰《ひん》蹙《しゅく》させた。

「富士山はわが国の象徴とも云うべき山であり、神の山でもある。霊峰富士が異国人によって踏みけがされるなどということはとうてい考えられないことだ」

と息巻く者もいた。江戸城内でもこうであったから、このことはたちまち世間に洩れた。尊王攘夷派の武士たちを刺戟したのは当然のことだった。

安藤信正はオールコックに富士登山許可を与えると同時に、オールコック一行の護衛について万全を期すための方策を樹てようとした。それまで英国公使館の警護は、旗本の中から腕の立つ者ばかりを選んで、外国御用役を編成していたが、これでも不足なので、別手組と称して諸藩から腕の立つ者を選びこれに当てていた。総数百三十余名であった。

安藤信正はオールコックの富士登山に際して、外国御用役と別手組の他にも腕の立つ警護隊員を集めて一行に配属するように命じたばかりでなく、沿道に当る小田原藩や天領の代官には特に厳重なる警戒を命じた。

小田原の大久保藩は沿道に当っているので警戒には特に気を配るように命ぜられた。

「もし、オールコックの身に間違いでもあれば、貴藩のお取りつぶしは火を見るよりも明らかである」

と大目付におどかされた大久保藩は道中の通行人の身許調べは勿論のこと、住民のすべてに、いままで見掛けなかった人が現われたら、名主なり代官に届け出るように通達を発したほか、要所要所には人を派遣し、密偵まで放って、浪人たちの動きを見張った。

寺社奉行の松平伯耆守は富士宮浅間神社の大宮司富士亦八郎を江戸に呼びよせて、オールコック等一行の登山に際し、準備、接待、護衛のすべてに遺漏が無いように命じた後で、

「不心得者が山に入ってしまうと、警備も思うようには行かなくなるであろうから、そこのところは事前に防ぐよう特に念を入れるように。尚、今回のことについて落度があれば、富士信仰そのものの成行きにもかかわることになるやも知れない。留意せよ」

と云った。それに対して富士亦八郎は、

「いっさいをおまかせ下さいませ、この大宮司富士亦八郎が必ず、オールコック公使の富士登山を成功させて御覧に入れます」

と答えて自信のほどを披瀝《ひれき》した。

富士氏は浅間神社に古くから仕える大宮司であると共にこの地方の豪族であり、戦国時代にはこの地に城を設けて、武田信玄と戦ったほどの実力者でもあった。富士信仰の中心としてその勢力は大きかった。

富士亦八郎は富士宮に帰着すると、早馬を飛ばして各富士登山口にある御師《おし》の代表を招いた。御師は富士信仰と共に発達した神職で道者の宿泊所を持っていた。その背景には富士信仰の講

中があった。当時富士講に加わるものは百万とも二百万とも云われていた。富士講の道者が登山するときは勿論、一般登山者も御師の家に泊って禊《みそぎ》をしてから出発することになっていた。夏期の間は一夜に千人も泊ることもあるので、御師の家は館のように壮大で大きな黒門をかまえていた。

大宮司富士亦八郎は、その御師の代表者たちに幕府からの通達を伝えてから云った。

「英国公使オールコックがお山に登ることはわが日本の霊山をけがすものであるとして、彼等に危害を加えようとする浪人どもがいるとのことだ。そして一部の浪人は道者に変装し、仕込み杖を持って山に登り、オールコック等一行を斬る企てもあると聞き及んだ。このことに関し、大宮司としていささか考えていることがあるからここに明らかにしたい。そもそも浅間大菩薩の慈悲は天下万民のために泰平を開くにありというのが古来からの教えである。天下万民ということは文字どおり天下の万民、つまり世界中の人のことであって、わが日本国だけの民のことを云っているのではない。私も御師たちも英国公使も天下万民の一人であることには変りがないと思う。天下万民の一人の外国人が富士登山をしたからと云って山がけがれるなどということは狭い量見であって、浅間大菩薩の慈悲にそむくものである。外国人がお山に登ることよりも、神域の中で血を流すようなことがあれば、それこそ山がけがれ、霊峰がけがされたことになると思うが、みな様はどう考えるか」

大宮司富士亦八郎はこう云ってから御師たちの反応を待った。御師たちの中から、天下万民

は日本中の人々という意味だという者が出た。それに賛成する者があったが、

「それでは遠くシナの国から、不老長寿の薬を求めてやって来て、富士山に登り、その霊気を受けて、そのまま富士山麓にとどまった徐福《じょふく》は外国人ではなかったのか。更にさかのぼれば漢の国の方士が登山したという記録は嘘だというのか。古来、霊峰富士山は日本人のみならず世界中の人々の信仰の対象としての山であったことは富士山の歴史が示すものである。大宮司の説に賛成である」

と、村山登山口の大鏡坊明智がいささか大見得切った。議論はしばらく続いたが、天下万民を広義に取るか狭義にとるかは別として、外国人だから富士山に登ってはならないとか、外国人が登ればけがれるという話は歴史的事実から推しはかっておかしいということになった。それよりも、そこに集った人々がもっとも恐れていることは、富士の神域で殺人があっては困るということであった。

「神霊の怒りに触れ、暴風雨に打たれて凍死したり、落石に当って死んだ者は多数あるが、いままで神域内で殺傷事件があったためしがない。もしそんなことがあれば、それこそ神の怒りは測り知れぬものとなるであろう」

と御師たちが口々に云った。

どうやら衆議は、オールコック一行の登山を認め、彼等を守ってやろうという方向に動いていた。

もともと富士信仰は古くから大衆の中にあったもので江戸時代の富士信仰の主体をなす者はすべて大衆であった。彼等は武士階級とは違って、外国人を物珍しがって眺めこそすれ、特に毛嫌いするものではなかった。大衆には尊王攘夷論は無縁のものであった。

「では御師のみな様、このたびの英国公使の登山については御異議はありませぬな」

と念を押したところで富士亦八郎は、各御師に対して、

「もしも、英国公使オールコックの身に万が一のことが起きたならば、その科《とが》によって富士講の解散を命ぜられるかもしれないと、寺社奉行の松平伯耆守様よりの直々のお話があった」

と低い声で云った。それはありそうなことだった。江戸時代に入って、隆盛をきわめた富士信仰に対して幕府は神経をとがらせ、再三に亙って富士講や御師の取調べを行っていた。御師たちは大宮司の最後の言葉で、事態が容易でないことを知り、如何ようにも幕府に協力するから、その方法を指示して欲しいと云った。

＊

万延元年七月十九日、オールコックの一行は江戸を発った。旧暦の七月十九日は現在の暦に直すと九月四日に当る。台風のシーズンであると共に、高い山ではそろそろ初雪を迎える季節に入っていた。

一行は公使オールコックの他四人の常任公使館員、神奈川領事ヴァイス大尉、英国印度《インド》艦隊

のロビンソン大尉、植物学者ヴィーチの合計八名の英国人の他、日本人通辞石橋六之助以下十数名の公使館の日本人使用人であった。

これに対して幕府は外国副奉行・日野右近を護衛の総指揮に任じ、目付役・馬淵兵馬他四人の役人を附属せしめた。警護の武士はおよそ百名だった。

はじめは警護の武士だけでも二百五十名と予定していたが、沿道に当る小田原藩や各代官所で応援を得ることにして、江戸を出た時の警護の数はおよそ百名であった。このほか小荷駄が五十頭、小者の数七十名という大行列であった。

幕府はオールコック一行の通過に際しては、一時的に通行を禁止する他、沿道にはあらかじめ人を派遣して怪しい者がまぎれこまないように見張っていた。オールコック襲撃を計画し、行列の後を追って江戸を出た浪人たちも、水も洩らさぬ警戒陣には手を出せなかった。それどころか、三名の浪人は小田原藩に、不審な行動ありとして捕えられ、数日間拘留《こうりゅう》された。

当初、幕府は、オールコックに駕籠《かご》で行くようにすすめたが、オールコックは民情を視察するためにはどうしても馬に乗って行きたいと主張してやまなかった。このため幕府は、鉄砲による狙撃をも警戒しなければならず、更に多くの人を動員しなければならなかった。

オールコックは馬上から悠々とあたりを睥睨しながら旅を進めて行った。

海路日本へやって来ていきなり江戸に入った彼は、日本の田園風景を知らなかった。見るものがすべて彼には珍しいものばかりであった。

一行が村落や宿場にさしかかると、男も女も老人も子供も、犬や猫までもとび出して来て、馬上の外国人を物珍しそうに眺めていた。オールコックには、それらの民衆の表情には好奇心のみがあって、害意のようなものはいっさい存在しないと判断した。馬上のオールコックは突然、行列に停止を命ずることがあった。

彼が馬を降りて、いきなり路上の茶店に立ち寄ったことがある。行列は停止し、警護の武士たちは、茶屋を遠巻きにして、目を光らせねばならなかった。オールコックはそんなことはいっさいおかまいなしに、茶屋で団子や草鞋《わらじ》の値段を訊ね、自らその団子を食べてもみた。オールコックが笑いを見せると、それまで怖ろしそうにしていた茶屋の主人も愛想笑いをした。

第一日目の七月十九日は藤沢の宿に泊った。警戒は厳重をきわめ、終夜、宿の周囲は警護の武士によって守られた。

オールコックは宿においても、あらゆるものに興味を示して、次々と質問し、周囲のものを困惑させた。二十日は小田原の城下町で泊り、二十一日に箱根に向った。この間もオールコックは馬上でおとなしくしてはいなかった。

田や畑で仕事をしている農民を見掛けると、馬を降りて近寄って行き、いろいろと質問した。彼は農地に草が一本も生えておらず、非常によく手入れが行きとどいていることに、しばしば感嘆の言葉を放っていた。

オールコックが日本人は勤勉な民族であり幕府の政治も隅々にまで行き渡っていることを肌

で感じ取ったのはこの旅行であった。

箱根の山越えはずっと雨だった。二十一日は箱根に泊り、二十二日は三島に泊った。オールコックはこの山の中の旅行でも森林の手入れが行き届いているのに注目していた。

「見よ、森の奥深くまで、下草が刈り取られている。世界でこの国ほど山林の管理が行きとどいている国はないだろう」

オールコックは側近のユースデンに云った。植物学者のヴィーチも、オールコックの言葉に同意を示した。

一行の旅は順調に続き、二十三日には吉原に着いた。

その一行を富士宮の大宮司富士亦八郎の使者が待っていて、

「次の二十四日はぜひ大宮にてお泊りくださるように願い上げます。その準備万端は整えております」

という口上であった。

オールコックは浅間神社大宮司よりのこの誘いを非常に喜んで受取った。いままで、どの宿でも特に歓迎するような態度を見せなかったのに、浅間神社の大宮司が迎えの使者までよこしたことに大いに気をよくした。

「やはり、日本の人たちはわれ等を嫌っているのではない。われ等に危害を加えようとしているのはごく一部の浪人であって、多くは大宮司のようにわれ等に対して好感を持っているに違いない」

オールコックは公使館員にそう云ったほどであった。

オールコックの一行は廿四日の未明に吉原を出発して、一路大宮に向った。大宮では大宮司以下神官等が総出で一行を迎え、かねて用意していた、登山口の村山の宿舎に案内した。大宮司富士亦八郎が衣服を正して、オールコックに会って云った。

「富士山はお山仕舞いが七月廿七日と決っております故、ぜひとも、明早朝、御登山あるようにおすすめいたします」

幕府は一行の登山を遅らせて、山仕舞いを理由に登山しないようにと云っていたのだが、大宮司富士亦八郎はこのような姑息《こそく》な手段を好まず、むしろ親身になって、オールコック等の登山に協力したのである。そのほうがよいと考えたからであった。

村山の宿にはオールコック等一行のためにわざわざ新築された風呂場まで用意されていた。二十五日は絶好の登山日和であった。オールコックの一行は早朝、馬に乗って馬返し（中宮八幡）まで行きここで馬を降りた。ここから上は神域であって馬を入れることはできないという神官の言葉を、オールコック等は素直に聞いた。

ここで警護の武士は半減された。その半減された員数だけ、浅間神社が用意していた道者によって置きかえられた。およそ五十名であった。彼等は富士山を一日で上下できるほど足の達者な者ばかりであり、それぞれ金剛杖を持っていた。この他に一行のための寝具や食糧を背負い上げるために、強力《ごうりき》が三十名ほど加わっていた。

「大鏡坊さん、よろしく願います」

馬返しまで一行を見送って来た大宮司富士亦八郎は、大先達の大鏡坊明智に云った。明智は、おまかせ下さいと大宮司に挨拶してから、

「ここからはじまって、ここに降りて来るまで私がしっかりと御案内いたしますからどうぞ御安心下さい」

と外国副奉行・日野右近の前に手をつかえて云った。

オールコックは一度に五十人も現われた白衣の一団に対して、少なからざる興味を持ったようであった。彼は通辞によって、それが富士講の巡礼の制服であると知らされると、おう、おうと何度か声を上げた。そして、大先達の大鏡坊明智の言葉がそのまま通訳されたときには、

「まことにたより甲斐ある案内者である」

と云った。オールコックは、大宮司の迎えを受けて以来、非常に気分をよくしていて、幕府の云うことには一つとして裏がないものはないというような皮肉は云わないし、いらいらした様子も見せなかった。

登山道は森林地帯を抜け、砂と石ころ道にかかった。オールコックの一行の足取りは遅かった。彼等は途中で気温を測定したり、植物の採取や、岩石の標本採集、地形の観察などをしながら徐々に登って行った。

山は静かだった。浅間神社大宮司の手配によって、この登山道を上り降りする者はいなかった。もしそういう者があれば、オールコックの一行を狙うため、道者に変装した刺客と見なしても、さしつかえないと、富士亦八郎から目付の馬淵兵馬に耳打ちがしてあった。

その夜一行は六合目の石室に泊った。オールコックはその黴臭《かび》い石室小屋にさえ文句を云わなかった。

彼等は二十六日未明に石室小屋を出て、五時間後に頂上に着いた。午前九時であった。

富士山の山仕舞いは翌日の二十七日であった。天気もよいし、このこともあって、富士山頂はこの年最後の奥の院参拝を目ざして登って来た道者や一般登山者で溢れていた。

「密偵の情報によると吉田口より道者の服装をした浪人者が十数名ほど登ったらしい。心して警護に当るように」

馬淵兵馬は警護の武士たちに云ったが、彼等のほとんどは頭をかかえこんで砂の上に坐りこんでいた。高山病にかかったのである。

馬淵兵馬は大先達の大鏡坊明智にもこのことを告げると、明智は、

「お山のことはすべてお任せください。たとえ十人のお武家様が刀を抜いてかかって来ても、私一人で充分でございます。ましてやここには五十人の粒ぞろいの道者が居ります。お山では金剛杖が刀よりもたよりになる得物になるのでございます」

明智はそう云うと、金剛杖を振って虚空を斬った。大刀を振るような音がした。

＊

オールコック一行は一休みしてから、英国印度艦隊ロビンソン大尉が主となって、まず富士山の高さの測定を始めた。この高度測定は湯を沸騰させ、その沸点を温度計によって測り、高度を出すという方法であった。気圧が低くなればなるほど、沸点はさがるという原理によるものであった。高度測定法としてかなり前から用いられていた方法であったが、これには、加熱装置の安定の条件や、温度計の高い精度などが要求され、実験室内では可能であっても野外測定には不向きであった。

ロビンソン大尉は大宮口浅間神社奥の院の裏で天幕を張り、この測定を行い、一二九八七フィート（四二六一メートル）という実測値を得た。実際の高さに比較して五〇〇メートルほども高く測定されたのは、おそらく、測定具の不備と、馴れない登山で観測者が疲労していたのであろう。

ロビンソン大尉等が浅間神社の奥の院の裏地で実験を始めた丁度そのころ、吉田口から伝令がやって来て、大先達の大鏡坊明智に、

「道者に変装した浪人らしき者十二人が間もなく、吉田口の頂上に到着します。彼等は仕込み杖を用意しているから油断なきように」

と告げた。

明智は、その伝令に引き続きその者の監視を続け、次々とその動きを報告するようにたのんでから、日野右近と馬淵兵馬にこのことを報告した。二人は顔色を変え、直ちに警護の武士等に声をかけようとした。だが、明智は強い声で、お待ち下さいとそれを押え、二人を警護の武士たちから離れたところへ連れて行き、白布の小手をかざして吉田口を望みながら云った。

「お武家様たちは山酔い（高山病）にかかられていて、歩くのもやっとのように見受けられます。とても刀を抜いて斬り合いをするなどということはできないでしょう。しかし相手の浪人どもと云えども同じことで、吉田口頂上に着くのがやっとで、ここまでやって来るのも容易なことではないでしょう。どうか、浪人者はこの大鏡坊明智におまかせ下さい。われらに取ってはお山も下界も同じことです。山酔いにかかった浪人どもなど、いささかも怖いことはございません。私たちはこの神域で血が流されることをもっとも恐れております。浪人どもは血を流さずに始末いたしますから、どうぞ、そのまま、御覧になっていていただきたい」

明智は二人にそう云って納得させると、連れて来た五十人の道者のうち十人をそこに残し、後の四十人を二十人ずつの二手に分けて、一隊は富士山絶頂の剣ヶ峰に向わせて、一隊は伊豆ヶ岳に向わせた。

富士山頂には噴火口があり、その周囲を八つの峰が取りかこんでいた。

明智は吉田口頂上に出た浪人たちが、東廻りで来ても、西廻りで来ても、又は二手に分れてやって来てもいいように、人数の手配をしたのである。

日野右近と馬淵兵馬は、結局は道者たちを黙って見送るしかやりようがなかった。連れて来た警護の武士たちは、一人残らず頭をかかえて砂の上にうずくまっていた。青い顔をして寝ころんでいる者もいた。日野右近と馬淵兵馬でさえ口を利くにも息が切れ、一歩を運ぶにも息苦しく感ずるような状態だった。心臓の鼓動は早鐘のように鳴り続け、いつまでたっても落ちつきそうには思われなかった。

大鏡坊明智の配下の道者たち二十名はそれぞれ剣ヶ峰と伊豆ヶ岳に出向いて、仕込み杖を持った浪人たちの来るのを待っていた。間もなく吉田口頂上に出してあった見張りから怪しき道者たち十二人が吉田口頂上に待っていた三人の道者と合流し、東廻りで浅間神社方面へ向ったと云って来た。頂上で待っていた三人は山酔いをしていないし、山にも馴れているから、おそらく富士講に入っている武士であろうということまでつけ加えられていた。この報告は、浅間神社の裏にいる明智にも知らされた。明智は直ちに道者二名を連れて伊豆ヶ岳に急行した。伊豆ヶ岳は噴火口を見おろす、熔岩質の山稜であって、富士お鉢廻りの参拝道路は、伊豆ヶ岳の東側側面を巻くように作られていた。狭い道であった。

明智の配下の道者二十人は吉田口頂上からやって来る、十五名のあやしき道者をその狭い通路で待ち受けていた。

「われ等は寺社奉行並びに富士宮浅間神社大宮司の命によって、道者改めをしている者である。御道者《おんどうじゃ》たちは何《いず》れの講中に属するや、また、ここ数日にかぎり各登山口の御師の坊より発行された臨時登山鑑札を所持せられるや否や」

その一言を聞くと、それまで身を持て余すように歩いていた十五人の道者たちは、驚くほどの敏捷《びんしょう》さで身構えた。中の一人が云った。

「われ等は丸山《まるやま》講中に属し、日頃心を同じくして富士信仰にいそしんでいる者たちでござる。今回は道を急ぐために、御師の坊には立寄らずに登山して参ったゆえ、鑑札は持ってはおらぬ。しかし決してあやしい者ではないから、お通し下され」

それに対して、大鏡坊方の道者が云った。

「しからば、その見馴れぬ杖を拝見いたしたい。どうやら、道者たちが使う金剛杖とは違うように見受けられるが……」

十五人が持っているものは明らかにただの金剛杖ではなかった。そう云われて返事につまった十五人はしばらくは互いに顔を見合わせていたが、それっと一人が叫ぶと一斉に仕込み杖を抜き放って、大鏡坊配下の道者たちに斬り込んで来た。刀を抜けば道者たちは恐れて逃げ去るだろうと思っていたようであった。

「遠くへ離れ、石を以て立ち向え」

大きな声が岩の上から聞こえた。大鏡坊明智が到着したのである。

大鏡坊配下の道者たち二十名は抜刀した十五人に向っていっせいに石を投げつけた。十五人のうち三名はよく動いたが、他の十二人は山酔いでふらふらになっていたところへ石を投げつけられたので、たじたじとなった。手や足や身体に投石を受けてうずくまる者もあった。だが間もなくその十五人は手ごろな岩を盾にして戦う態勢をととのえた。

「近寄ると斬られるぞ、間もなく、剣ヶ峰から応援の二十名が来る。それまでは囲んで待て」

明智はそのように叫んでいた。その言葉のとおり、新手二十名がやって来ると、状勢は全く変った。仕込み杖を振りかざした三人が、大鏡坊配下の道者に向って斬り込んで行ったが、たちまち金剛杖で向う脛をかっぱらわれて倒れると、それ以上戦う気力は失ったようであった。

「仕込み杖を捨てろ、仕込み杖さえ捨てたら、この場を無事逃れ出ることを許してやる。われわれは、おぬし等を捕えるつもりはないし、殺すつもりもない。早々とここから立ち去って貰いたいだけである」

明智はそのように呼びかけた。足に投石を受けて怪我をしたらしい男がまず仕込み杖を捨てた。

「吉田口への道をあけてやれ、刀を捨てたらもう敵ではないが、山を下るかどうかだけは見届けてやるのだ」

明智が怒鳴った。男たちは次々と仕込み杖を捨てて吉田口へ向って重い足をひきずりながら逃れて行った。

明智は浪人たちが捨てて行った仕込み杖を拾って、一本残らず噴火口の中へ投げこんだ。

「不逞《ふてい》な輩《やから》はことごとく始末がつきました。もう、この頂上でなにを為されても大丈夫とは思いますが、念のため警護だけはぬかりなく続けましょう」

明智は日野右近と馬淵兵馬に知らせたが不逞な輩とは誰で、どのように始末したかの細部についての報告はなかった。

オールコックは、このような事件があったことは通辞を通して知っていたが、わざと知らないような顔をしていた。それでも危険は全くなかったと聞くと、笑顔を見せた。彼等はすばらしい好天気に恵まれたので大いに気をよくして一日中富士山頂を歩き廻っていた。噴火口の周囲の長さや、噴火口の深さが測量された。

剣ヶ峰において富士山最高高度が一三一七七フィート（四三二三メートル）と観測されたのもこの時であった、実際の高さ、三七七六メートルに比較すると五四七メートルも違っているのはやはり測定方法がよくなかったのであろう。

オールコックの一行は廿六日の夜は頂上で一夜を明かし、翌廿七日は三時間で村山へ下山して当夜は大宮で宿泊した。富士登山は無事済んだのである。

＊

オールコックの一行は大宮で一泊した後、三島を経由して熱海に向った。温泉につかり、休養を取るためであった。

幕府はかねてから旅館を用意し、浪人潜入の情報を得てからは特に厳重な警護陣を張っていた。

オールコックの一行はここで三週間の休暇を取った。旅館にだけこもらずに、気の向くままに附近を散歩するので、警護の者たちの心労は容易なことではなかった。一行が滞在中に、旅館に窺い寄って捕えられた者が二名あった。町人に変装こそしていたが武士であることは明らかであった。二名はいかに責められてもついに名前を云わず、暗夜に脱走を企てて斬られて死んだ。

この当時、熱海はひなびた村で、湯館も少く、湯治客《とうじ》が僅かばかり滞在しているだけであったから、新しく入りこんで来た者は、すぐ目についた。湯治に来たという名目で湯館に旅装を解いた浪人たちは、幕府の役人によって監視を続けられ宿を一歩でも出れば必ずその後を数名の者がついて歩いた。これではオールコックを襲うことはできなかった。熱海の近くの山に隠れていた浪人数名も、土地の人の訴えによって捕縛された。

オールコックはこのようなことがあったことを知っていながら、なに食わぬ顔で、富士登山の日記を整理したり、英国に手紙を書いたり、附近を散歩したり、時には遊女を呼びよせて酒宴を張ったりしていた。

オールコックが熱海にいる間に一つの小さい事件が起きた。オールコックの愛犬トビーが間歇泉《かんけつせん》の熱湯を浴びて火傷《やけど》をして死んだのである。トビーはわざわざ英国から連れて来た犬であり、彼の亡き妻が可愛がっていた犬でもあった。

オールコックが嘆き悲しむのを見て旅館の主人は僧侶を呼び犬の供養をし、遺体に経帷子《きょうかたびら》を着せて厚く葬ってやった。オールコックはこの人たちの情深さに大いに感激した。

彼はこの愛犬トビーのために墓碑を建てようとしたが、日野右近は、外国人が日本国土に碑を建てるということは、前例がないことであり、上司の許可を得ないかぎりどうにもならないと拒否した。オールコックは休暇が切れる前だったから、強いてはこれにこだわらず、江戸に帰ってから、トビーの墓碑を作らせ、英国の軍艦一隻が、この碑をわざわざ熱海まで運んで行って建てた。幕府はついにこれを認めざるを得なくなった。

オールコックは江戸に帰って間もなく、公使館にプロイセン全権公使オイレンブルクを呼んで晩餐会《ばんさん》を催した。この席上オールコックは富士登山旅行の際に大いに歓迎されたことを述べ、この旅行で得た体験の結論として、日本人は智性が発達し、礼儀正しい、勤勉な、情緒感をわきまえる民族であって、根本的には、ヨーロッパ諸国と比較していささかも劣るものではないことを力説した。日本人の潜在的優秀性を実証するような例も次々と述べた。

オールコックはトビーの墓碑については幕府に対し横車を押したけれど、懸案の富士登山を無事終ることができたのは、結局は幕府の厚意と努力によるものであることをよく知っていた。

オールコックが熱海から江戸に帰ると、彼を待ちかまえていたアメリカ、オランダ、フランスの外交官等が次々と英国公使館を訪問して、幕府に対し大坂、兵庫の開港を強く迫るべく協同歩調を取るように申し込んだ。当時の日本と諸外国との貿易の比率は、英国が五十五パーセント、アメリカ三十一パーセント、オランダ十二パーセント、フランス一パーセント、その他一パーセントであり、英国が日本の貿易相手国としてはトップであった。従って発言力も強かったのである。

アメリカ、オランダ、フランスの外交官等は大坂、兵庫の開港はこれ以上延期できないことを口々に述べたが、オールコックは今まで待ったのだからそれほど急ぐことはあるまいと云って、他国の外交官等をなだめた。むしろ幕府側の開港延期に賛成であるがごとき言動を取ったのであった。少くとも、この時点ではオールコックは幕府と日本国民の感情を大いに理解してやっている気持でいたのであった。

オールコック等一行が富士登山をした万延元年から明治維新に至るまでの八年間に富士登山をした外国人はオールコック等八名の他にブレンヴァルト等一行、パークス等一行など数組の外国人がいる。幕府は一般外国商人の旅行を居留地の十里四方に制限して先進諸国の急激な侵蝕を防ぎながらも、外国人外交官に富士登山を許可した。一見これは矛盾した政策に見えるがこれによって外国人に日本を理解せしめたという点でオールコックの富士登山は特に意義深いものであった。

参考文献　サー・ラザフォード・オールコック著「大君の都」山口光朔訳　谷有二著「幕末・外国人富士登山の歴史的背景」

〔1979（昭和54）年「オール讀物」2月号 初出〕

P+D BOOKS ラインアップ

草を褥に 小説 牧野富太郎 | 大原富枝 | ●植物学者牧野富太郎と妻寿衛子の足跡を描く

激流（上下巻） | 高見 順 | ●時代の激流にあえて身を投じた兄弟を描く

貝がらと海の音 | 庄野潤三 | ●金婚式間近の老夫婦の穏やかな日々を描く

せきれい | 庄野潤三 | ●〝夫婦の晩年シリーズ〟第三弾作品

庭のつるばら | 庄野潤三 | ●当たり前にある日常の情景を丁寧に描く

早春 | 庄野潤三 | ●静かな筆致で描かれる筆者の「神戸物語」

P+D BOOKS ラインアップ

魔法のランプ　澁澤龍彦
●澁澤龍彦が晩年に綴ったエッセイ29編を収録

悪魔のいる文学史　澁澤龍彦
●澁澤龍彦が埋もれた異才を発掘する文学史

マカオ幻想　新田次郎
●抒情性あふれる表題作を含む遺作短編集

夜風の縺れ　色川武大
●単行本未収録の39編と未発表の「日記」収録

街は気まぐれヘソまがり　色川武大
●色川武大の極めつけ凄観エッセイ集

こういう女・施療室にて　平林たい子
●平林たい子の代表作二編を収録した作品集

（お断り）

本書は1980年に新潮社より発刊された単行本を底本としております。あきらかに間違いと思われるものについては訂正いたしましたが、基本的には底本にしたがっております。また、一部の固有名詞や難読漢字には編集部で振り仮名を振っています。本文中には看護婦、女郎、火夫、毛唐、ひも、賄婦、樵、漁夫、工夫、女中、小僧、水夫、頭がいかれている、女主人、唖、娼妓、女史、びっこ、百姓、未亡人、遊女などの言葉や人種・身分・職業・身体等に関する表現で、現在からみれば、不当、不適切と思われる箇所がありますが、著者に差別的意図のないこと、時代背景と作品価値とを鑑み、著者が故人でもあるため、原文のままにしております。差別や侮蔑の助長、温存を意図するものでないことをご理解ください。

新田 次郎（にった じろう）
1912(明治45)年6月6日—1980(昭和55)年2月15日、享年67。本名：藤原寛人（ふじわら ひろと）長野県出身。『強力伝』により第34回直木賞を受賞。代表作に『孤高の人』『武田信玄』など。

P+D BOOKS とは

P+D BOOKS（ピー プラス ディー ブックス）とは
P+Dとはペーパーバックとデジタルの略称です。
後世に受け継がれるべき名作でありながら、現在入手困難となっている作品を、
B6判ペーパーバック書籍と電子書籍を、同時かつ同価格で発売・発信する、
小学館のまったく新しいスタイルのブックレーベルです。

マカオ幻想

2024年1月16日　初版第1刷発行

著者　新田次郎
発行人　五十嵐佳世
発行所　株式会社　小学館
〒101-8001
東京都千代田区一ツ橋2-3-1
電話　編集　03-3230-9355
販売　03-5281-3555
印刷所　大日本印刷株式会社
製本所　大日本印刷株式会社
装丁　おおうちおさむ　山田彩純
（ナノナノグラフィックス）

ISBN978-4-09-352479-7

P+D BOOKS